著——ネコクロ
画——緑川葉

迷子になっていた幼女を助けたら、お隣に住む美少女留学生が家に遊びに来るようになった件について 5

CONTENTS

NEKOKURO PRESENTS

ARTWORK BY

MIDORIKAWA YOH

プロローグ 014
第一章「美少女留学生の将来の夢」 016
第二章「将来のために迫られる選択」 038
第三章「妹のおねだりと彼女の嫉妬」 068
第四章「新たな火種と覚悟を決める時」 114
第五章「決別の準備」 144
第六章「決別の時と思い出のお姉さん」 184
第七章「重なり合う偶然は必然」 212
第八章「これからの未来について」 234

「シャーロットさん」

「きゃっ!?　あああ、明人君!?」

シャーロットさんの頭を引き寄せて
俺の顔に当てると、
彼女は顔を真っ赤にして慌て始めた。
ちょっとやりすぎてしまったかもしれない。
そしてエマちゃんも、
俺がシャーロットさんを
抱き寄せていることに気付くと――。

『ロッティーずるい!　エマも!!』

何やら、シャーロットさんに対抗心を燃やしだし、
あいている俺の左側の頬へと顔を押し付けてきた。
図らずして、かわいい二人に挟まれてしまったようだ。

OTONARI ASOBI
NEKOKURO PRESENTS
ARTWORK BY
MIDORIKAWA YOH

maigo ni natteita youjo wo tasuketara,
otonari ni sumu bishoujo
ryuugakusei ga ie ni
asobi ni kuruyou ni natta ken ni tsuite

「──大きくなりましたね、明人」
記憶にあるものよりも
大人びた顔つきの女性が、
笑顔で椅子に座っていた。
幼い頃から俺の義姉を自称していた、
姫柊花音さんだ。
姫柊花音《ひめらぎかのん》
ソフィア・ベネット
「改めて自己紹介するわ。
ロッティーとエマの母親の、
ソフィア・ベネットです。よろしくね」

ダッシュエックス文庫

迷子になっていた幼女を助けたら、お隣に住む美少女留学生が家に遊びに来るようになった件について5

ネコクロ

青柳明人《あおやぎあきひと》

高校2年生。11月11日生まれ。
文武両道で周りのことを
考えて行動する少年。
中学時代は有名なサッカー選手だった。
シャーロットとは恋人同士。

シャーロット・ベネット

高校2年生。12月25日生まれ。
イギリスからの留学生で、
漫画やアニメが大好きな女の子。
妹のエマと二人暮らしをしている。
明人とは恋人同士。

CHARACTER

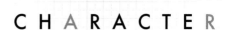

NEKOKURO PRESENTS
ARTWORK BY
MIDORIKAWA YOH

花澤美優《はなざわみゆ》

明人とシャーロットの担任教師。
恋人いない歴=年齢を絶賛更新中で、
“黙っていれば美人”というのは明人の談。
生徒想いであり、明人の良き理解者。

エマ・ベネット

シャーロットの妹。5歳。
好きなことは、明人に抱っこしてもらうこと。
最近明人にサッカーを教わっている。
まだ英語しか話せないが、
姉に教えてもらいながら日本語も勉強中。

清水有紗《しみずありさ》

明人とシャーロットのクラスメイト。
プロ注目のサッカー選手な従兄がいる。
シャーロットのよき相談相手であり、
物怖じしない性格の、
肝の据わった女の子。

東雲華凜《しののめかりん》

明人とシャーロットのクラスメイト。
実は明人とは実の双子の兄妹という
関係であり、幼い頃に生き別れていた。
ぬいぐるみ作りが得意な
おとなしい女の子。

CHARACTER

西園寺彰《さいおんじあきら》

明人とシャーロットのクラスメイト。
明人の親友であり、ユースに所属する
プロ注目のサッカー選手。
イケメンでクラスのムードメーカー。

香坂楓《こうさかかえで》

明人の後輩で、小悪魔系の女の子。
中学時代は明人が所属するサッカー部で
マネージャーをしていた。
好きな人のことは、からかいたいタイプ。

NEKOKURO PRESENTS
ARTWORK BY
MIDORIKAWA YOH

プロローグ

幼き日の記憶――。

「ごめんね。私、もうイギリスに帰らないといけないの」

それは、いつものように公園で遊んでいた際に、お世話になっていたお姉さんから、突然伝えられたことだった。

いつか別れが来るとはわかっていたけれど、それでも幼かった俺には、ショックな出来事だったのを覚えている。

「もう、会えない……？」

「明人《あきひと》君……」

この時、お姉さんに俺の表情がどう見えていたのかはわからないが、お姉さんは辛《つら》そうに顔を歪めた。

しかし、すぐにいつもの優しい笑みを浮かべ――。

「ううん、また会えるよ。すぐには無理だけど、明人君が大きくなったら、私は迎えに来るからね」

俺の頭を撫《な》でながら、そう言ってくれた。

きっと慰めみたいなものだったのだと思う。

だけどこの時の俺は、お姉さんが本当に迎えに来てくれると信じていた。

「やくそく……？」

「うん、約束だよ。次会った時は、家族として一緒に暮らそうね」

「じゃあ僕、お姉ちゃんと次会うまでに、りっぱな男になる」

お姉さんは、憧れの人だった。

だから俺は、見合う男になりたかったのだ。

「ふふ、明人君ならきっとなれるよ。それじゃあ、指切りしよっか」

こうして、俺はお姉さんと約束をしたのだ。

しかし――その約束が、守られることはなかった。

第一章

「美少女留学生の将来の夢」

「――俺……男として、不甲斐《ふがい》なさすぎないか……？」

球技大会の日の夜、俺は自室で一人頭を抱えていた。

というのも、頬《ほお》にキス、告白、そして唇へのキス――全て、最初はシャーロットさんからしてくれているのだ。

思えば、一緒に登校しようと提案してきたのも、彼女だった。

本当なら男の俺がリードしないといけないのに、このままじゃ呆《あき》れられてしまうんじゃないだろうか……？

せめて、エッチくらいは自分から言い出すべきか？

……だけど、付き合ったばかりでこんなことを言うと、シャーロットさんに体目的だと思われるかもしれない。

かといって、そう悩んでいる間に、またシャーロットさんがアクションを起こしてくるかもしれないし……正直、どうするのが正解なのか、わからなかった。

完全に優柔不断になってしまっている。

「……とりあえず、もう一つの大切なことをやっておくか」

悩み続けるだけで答えが出ないと判断した俺は、頭を切り替える。

こっちも、大切なことなのだ。

「電話、出てくれるか……？」

俺は若干《じゃっかん》緊張しながら、ある人物へと電話をかける。

今まで、なるべく関わらないようにしていた相手だ。

当然、電話をかけるのも初めてだった。

《――なんの用だ？》

コールが三回ほど続いた後、その人物――俺の養父である、姫柊《ひめらぎ》社長が電話に出た。

「ご無沙汰《ぶさた》しております。今回は、大切なお話をさせて頂きたく、お電話致しました」

《ふん、大切な話か？　私にとってはどうでもいい話に思えるが？》

明らかにこちらを挑発しているが、この人は昔からこんな感じだ。

こうやって相手を怒らせることで、失言を引き出そうとしているのだろう。

完全に見下されてはいるが、いちいち相手をするほうが馬鹿らしい。

「確かに、そうかもしれません。しかし、僕にとっては大切な話であり、姫柊家にも今後関わることになると思います」

《ふっ、既に姫柊に入ったつもりか。まぁいい、話してみろ》

「少々ご報告が遅くなって申し訳ございませんが、一ヵ月ほど前、彼女ができました。ですから、俺は――」

《はっ、馬鹿馬鹿しい。お前の存在意義は、姫柊財閥繁栄《ざいばつはんえい》のために尽くすことだ。そのための許嫁《いいなずけ》候補も、既に数人見つけている。今すぐその彼女とやらと別れろ》

……やはり、俺に選択肢《せんたくし》を与えるつもりはないのか。

しかし、既に候補を見つけているとは……思ったよりも、かなり早く動かれていたようだ。

「僕は、彼女と別れるつもりはありません」

《私に逆らうつもりか？　今、不自由なく生活できているのは、誰のおかげだ？　血も繋《つな》がっていない孤児のお前に、幼い頃から金を出してやっていたのは、誰だ？　お前はまだ姫柊の人間ではないが、姫柊に恩があることを忘れるなよ？》

声に怒気は含まれていない。

淡々と告げてきており、俺を道具としてしか見ていないのが、よく伝わってくる。

「もちろん、恩を忘れてはいません。お世話になった分は、働いてお返しするつもりです」

《そのために、姫柊に尽くせという話だ。まぁいい、高校の間は自由にさせるというのが、お前たちとした約束だ。今彼女を作っていることは、不問に付《ふ》してやろう。だが、後々辛《つら》くなるのはお前とその彼女だということを、肝《きも》に銘《めい》じておけ》

姫柊社長はそれだけ言うと、通話を切ってしまった。

もう話す価値がないということだろう。

高校の間だけ自由というのは、高校を卒業するまでは姫柊の人間ではないからだ。

強引に別れさせようとしないのは意外だが、もしかしたら俺が彼女のことを想って、いずれは自ら身を引くと考えているのかもしれない。

生憎《あいにく》その道を選べるほど、もう俺も物分かりは良くないのだが。

とりあえずはっきりしたのは、時間はさほど残されていないということだ。

許嫁の話が正式に決まる前にどうにかしないと、姫柊以外の財閥も敵に回すことになりかねない上に、強引にでも姫柊社長は許嫁と俺をくっつけようとしてくるだろう。

そうなった場合、シャーロットさんに危害が及びかねない。

だから、早く対策を考えたいところではあるが――正直、迷いもある。

俺が姫柊財閥に恩があるというのも、事実なのだ。

特に、姫柊財閥ご令嬢の、花音《かのん》さんには幼い頃から沢山《たくさん》お世話になってきた。

サッカーをやれていたのも彼女のおかげだし、勉強をする環境も整えてくれていた。

お付きのメイドさんから聞いた話によると、そういう費用は、花音さんのお小遣いから出されていたらしい。

酷《ひど》い目に遭《あ》わされた財閥ではあるけれど、現在も養ってもらっており、まるで弟のようにかわいがってくれていた人がいる家を、敵に回していいのだろうか？

それこそ、恩を仇《あだ》で返す行為だ。

「くそ……なんでいつも、こんなにもややこしい状況になるんだよ……」

思わず、愚痴《ぐち》をこぼしてしまう。

もっと状況がわかりやすければ、こんなに悩むことなんてないのに。

ただ、一つだけ決めていることもある。

それは――何においても、シャーロットさんの幸せを一番に優先するということだ。

俺がどうなろうと、彼女の幸せだけは守る。

それが、彼氏としての義務だろう。

『――明人《あきひと》君、お待たせしました』

数分後、お風呂に入るため自分たちの部屋に帰っていたシャーロットさんとエマちゃんが、俺の部屋に戻ってきた。

相変わらず二人とも、パジャマ姿がとてもかわいらしい。

『おにいちゃん、サッカーみる……！』

エマちゃんは俺の膝に座るなり、おねだりをするように手を差し出してきた。

最近は猫の動画だけじゃなく、サッカーの動画もよく見ている。

俺と遊んでいるうちにハマったようだ。

おかげで、外で遊ぶことも多くなったし、エマちゃんにとっていい傾向だろう。

『はい、どうぞ』

『んっ、ありがと……！』

エマちゃんは俺からスマホを受け取るなり、自分で検索し始めた。

ついこの間までは、俺がテキトーに猫の動画などを選んで渡していたが、最近は勉強もかねて自分で検索をさせている。

まだ英語でしか入力はできないけれど、猫やサッカーというのは日本語でも覚えたので、ゆくゆくは日本語で検索させてみるつもりだ。

「エマの機嫌、直りましたね」

エマちゃんに視線を向けていると、シャーロットさんが俺の肩に頭を乗せてきた。

日本語で話しかけてきたので、二人だけで話したいということなのだろう。

エマちゃんも、動画を見ている時はこちらを気にしないので、問題はない。

「うん、保育園に迎えに行った時は、どうなるかと思ったけどね」

「さすがに空が暗くなるまでは、やりすぎましたね……」

シャーロットさんは頬を赤く染め、恥ずかしそうに俺から目を逸《そ》らしてしまった。

エマちゃんが怒っていた理由はもちろん、俺たちが全然迎えにこなかったからだ。

そして、俺たちが遅くなった理由は、歯止めが利《き》かない状態でキスを繰り返していたことにある。

シャーロットさんは今、キスのことを思い出しているのかもしれない。

……柔らかかったなぁ。

「テ、テレビ、つけましょうか」

キスした時のことを思い返していると、シャーロットさんが照れ笑いを浮かべながらテレビをつけた。

おそらく、空気を変えようとしたのだろう。

テレビからは、俺と歳《とし》が変わらなさそうな男性の声が聞こえてくる。

「…………」

その声に聞き覚えがあった俺は、思わずテレビのほうに視線を向けた。

すると、そこには――。

「あっ、神薙《かんなぎ》君……」

そう名前を出したのは、俺ではない。

一緒にテレビへと視線を向けていた、シャーロットさんだ。

確かに今バラエティー番組に出ているのは、神薙理玖《りく》という、俺と同い年の人間だった。

しかし、彼は芸能人ではない。

理玖は――ユースで活躍する、サッカー選手だ。

「知ってたんだ？」

興味深そうにテレビを見つめる彼女に対し、俺はそう尋ねてしまう。

「えっと……」

何かまずいことでもあるのか、シャーロットさんは気まずそうに視線を彷徨《さまよ》わせる。

そんな変な質問はしていないと思うが……。

「その、最近よくテレビでお見かけするなぁっと……」

確かに、理玖がテレビに映ることは最近になって多くなった。

それこそ、芸能人並に番組に出ていると思う。

シャーロットさんが名前を知っていても、不思議ではなかった。

「顔が良くて喋《しゃべ》るのもうまいし、サッカーの実力もあるユースの注目選手だから、番組に呼ばれてるのかも。動画配信サイトでも、活動してるみたいだし」

理玖は異質な存在だ。

高校生になってから世代別代表に呼ばれているとはいえ、まだプロでもないのに、今や知名度はプロのトップ選手並にある。

サッカーファンではない、一般人でも名前や顔を知っているレベルなのだ。

それには、動画配信活動をしていることが大きいのだろう。

今や動画配信サイトは、テレビに負けないくらい視聴人数が多い。

学生に限れば、テレビよりも圧倒的に動画を見ている子のほうが多い、という話だ。

アイドル顔負けのイケメンであり、サッカーだけに縛《しば》られず、他の配信者と同じようにいろんな面白い動画を作っている理玖が、有名人になったのは必然だったのかもしれない。

その上、サッカーの実力は本物なのだから、正直羨《うらや》ましくもある。

「私たちと同い年、なのですよね？」

「そうだけど……」

シャーロットさん、どう見ても興味持っているよな……？

まさか、アイドル顔負けにイケメンで、高身長な優男《やさおとこ》だから気になるのか……!?

「明人君……？」

「ううん、なんでもないよ」

シャーロットさんが不思議そうに俺の顔を見上げてきたので、笑顔で誤魔化《ごまか》しておいた。

さすがに顔や態度に出すような、情けない真似《まね》はしない。

ただ――。

理玖め……！

昔はメディア嫌いでインタビューさえ嫌がっていたのに、なんでよりにもよって、シャーロットさんを誘惑するんだ……！

と、元凶には心の中で文句を言っておいた。

もちろん、言いがかりだというのはわかっている。

「清水《しみず》さんは、こういう御方が趣味なのですね……」

俺が理玖に対して若干《じゃっかん》怒りを覚えていると、シャーロットさんが何やら呟《つぶや》いていた。

なんだか、凄《すご》く真剣な表情だ。

……うん。

「シャーロットさん」

「きゃっ!?　あああ、明人君!?」

思うことがあったので、シャーロットさんの頭を軽い力で引き寄せて俺の顔に当てると、彼女は顔を真っ赤にして慌て始めた。

ちょっとやりすぎてしまったかもしれない。

それにより、俺の膝の上に座って動画を見ていたエマちゃんが、不満そうに見上げてくる。

おそらく、シャーロットさんの声がうるさかったのだろう。

そして、俺がシャーロットさんを抱き寄せていることに気付くと――。

『ロッティーずるい！　エマも!!』

何やら、シャーロットさんに対抗心を燃やしだし、あいている俺の左側の頬《ほお》へと顔を押し付けてきた。

図らずして、かわいい二人に挟まれてしまったようだ。

「明人君、大胆《だいたん》すぎます……」

シャーロットさんはシャーロットさんで、俺が引き寄せた理由を何やら勘違いしているようだけど……。

真っ赤にした顔で目を瞑《つむ》り、唇を若干上にあげながら俺に顔を向けてきていた。

これは……どう見てもキスを待っているようなのだけど、エマちゃんがいることを忘れているのか？

さすがに教育上よろしくないというか、人前でするのは恥ずかしい。

「エマちゃんの前だよ……？」

「あっ……」

だから指摘すると、シャーロットさんは恥ずかしそうに俯《うつむ》いてしまった。

どうやら彼女は、思い込むと周りが目に入らなくなるタイプのようだ。

……エマちゃん、結構騒いでいたと思うけど。

『おにいちゃん、エマも……！』

『えっと、こうかな？』

『んっ！』

クイクイッと服を引っ張られたので、シャーロットさんにしたのと同じようにエマちゃんの頭を手で軽く引き寄せると、エマちゃんは満足そうに笑みを浮かべた。

同じようにしないと、気が済まないのだろう。

あまりにもかわいいので、頭を《よしよし》と撫《な》でる。

『えへへ……』

エマちゃんはこうして撫でられるのが好きなので、いつものようにかわいらしい笑みを返してくれた。

しかし――。

『むぅ……』

シャーロットさんが、不満そうにしていた。

段々と嫉妬《しっと》具合が酷《ひど》くなっている気がする。

だけどそれもかわいいので、とやかく言う気はない。

とりあえず、エマちゃんが気付いて不安になったりしないよう、俺の胸に顔を当てさせる形でエマちゃんを抱き直した。

そしてなでなでを継続すると、エマちゃんは嬉しそうに俺の胸に顔を擦りつけてくる。

逆にシャーロットさんは、エマちゃんを羨ましそうに見つめた。

本当に、この子も甘えん坊だ。

俺はエマちゃんが満足するのを待った後、またサッカーの動画を見だしたことを確認してから、シャーロットさんの頭に手を伸ばした。

「おまたせ」

一応、エマちゃんに聞こえてもいいように、日本語でシャーロットさんへ話しかける。

「はい……！」

シャーロットさんは、まるでお預けを喰らっていた仔犬のように、嬉しそうに目を輝かせた。

心なしか、尻尾《しっぽ》をブンブンと振っているように見える。

その後は、シャーロットさんが満足するまで、頭を撫で続けるのだった。

――そういえば、なんで抱き寄せたんだっけ？

◆

「「…………」」

時計の針が十二時を指す頃、エマちゃんはとっくに眠りについており、俺とシャーロットさんは隣に座って勉強をしていた。

シャーロットさんを甘やかしたりくっついたりしている時間は幸せだが、やはり勉強も大切なので、こうしてちゃんと時間は設けている。

最近だと、一緒に漫画を読む時間がなくなり、その時間は全てシャーロットさんを甘やかす時間へと変わっていた。

そしてその後、二時間ほど勉強をしている形だ。

シャーロットさんがそう望んだので、俺はその意思を尊重している。

もちろん、たまには一緒に漫画を読んだり、アニメを見たりもしていた。

だけどやっぱり、彼女は甘えるほうが好きなようだ。

――本当はもっと勉強の時間を増やしたいところだけど、一緒に寝るようになってからは、俺が遅くまで勉強しているとシャーロットさんも一緒にやってしまう。

そうなると彼女まで寝不足にしてしまうのだ。

だから、零時半《れいじはん》には切り上げるようにしていた。

その代わり、エマちゃんが日本語を勉強している時は、たまに俺は自分の勉強をさせてもらっているし、他にもエマちゃんが動画を見ている時に勉強することで、なんとか補《おぎな》っている。

「…………」

ん？

なんだろう？

なんだか、シャーロットさんがチラチラとこっちを見てきている気がする。

横目なのではっきりとは確認できないが、多分俺の様子を窺《うかが》っていると思う。

声、かけたほうがいいのだろうか？

そう悩んでいると、シャーロットさんがソ～ロリと慎重に動き始めた。

そして――ピトッと、俺の腕に自分の腕をくっつけてきた。

「シャーロットさん？」

「あっ、えっと……」

声をかけると、彼女は困ったように視線を彷徨《さまよ》わせる。

もしかして、まだ甘え足りないのだろうか？

でも、最近こういうのに流されて、勉強が足りなくなっているんだよな……。

「………」

このままいつものように流されて、勉強を切り上げてもいいのか――と悩んでいると、シャーロットさんが物欲しそうな顔で、ジッと俺を見つめてきた。

無理だ、こんな顔されて放っておけるはずがない。

「――おいで」

俺はシャーペンを机に置き、両手を広げる。

すると、シャーロットさんの表情がパァッと輝いた。

「よ、よろしいんですか？」

「駄目なわけないよ。もう今日は勉強を終わりにしよう」

そう、シャーロットさんが望むなら、彼氏として聞いてあげたい。

彼女に寂しい思いをさせるくらいなら、後々自分がきつい目にあったほうがいいと思っている。

何より、俺だってシャーロットさんとくっつくほうが幸せなのだし。

「それでは……お言葉に甘えさせて頂きます……」

シャーロットさんは落ち着いた対応をしながらも、実際は待ちきれないようにソワソワとしながら、俺の膝へと乗ってきた。

かわいい。

「眠たくはない？」

「胸がポカポカして、幸せなので……全然です」

なんでこう、この子はかわいいことを言ってくるんだろう。

思わず甘やかしたくなるじゃないか。

「あっ……んっ」

頭を優しく撫でると、シャーロットさんはピクッと反応した。

くすぐったかったのかもしれない。

だけどすぐに、《えへへ……》と笑みを浮かべてくれた。

こんな幸せそうな彼女を見て、幸せを感じないわけがない。

俺はそのまま、優しく撫で続ける。

少しして、満足をしたらしきシャーロットさんが、俺の顔を見上げてきた。

「明人君」

「ん？」

「明人君は、夢はあったりするのですか？」

「急にどうしたの？」

「いえ……いつかは、こういうお話もしたいと思っていましたので……」

つまり、たまたまタイミングが良さそうだから、聞いてみたということか。

「夢かぁ……。昔は、彰《あきら》とプロになることだったけど……今は、将来何になりたいか考えたことがないかな」

プロのサッカー選手という道は閉ざされたのだし、それ以降は将来のことを考える余裕なんてなかった。

というか、そもそも俺に将来の選択肢《せんたくし》がないだろう。

「明人君……」

「そんなに悲しそうな顔をしないで。自分の中でちゃんと折り合いをつけてることだし、心配はいらないよ」

「ですが……」

「それよりも、シャーロットさんはどうなの？　何かあるのかな？」

このままでは彼女が暗い顔をし続けると思ったので、俺はシャーロットさんの夢を尋ねた。

「私は……」

シャーロットさんはチラッと俺の顔を見て、即座に目を逸《そ》らしてしまった。

なぜかみるみるうちに顔は赤くなり、恥ずかしそうに口元へと手を持っていっている。

……うん、何を考えているんだ？

「シャーロットさん？」

「えっと……昔からなりたいものが、一つだけあります」

「それは何？」


「お嫁さん、です……」


そう答えてくれたシャーロットさんは、恥ずかしそうに顔を両手で隠してしまう。

しかし、俺の反応が気になるのか、指の間から俺を見ていた。

いや、もう……！

かわいすぎるだろ！

こんなこと言われて、平然としてられるか……！

「とても素敵な夢だね」

本当は、今すぐにでも結婚しようと言いたい。

だけど、プロポーズなんて一生に一度なんだし、今すぐプロポーズをしたところで、法律的に結婚はできないのだ。

だから、結婚できるようになるまで、それはとっておきたい。

「………」

笑顔を返した俺に対し、シャーロットさんは熱っぽい瞳を向けてきた。

顔を隠していた両手は、今や口元を隠している。

これは――。

「シャーロットさん、目を瞑《つむ》って」

瞳からおねだりをされているのだと思った俺は、シャーロットさんの頬《ほお》に手を添える。

「あっ……はい」

彼女は嬉しそうに微笑《ほほえ》むと、ソッと目を閉じて口から手をどける。

俺はゆっくりと、シャーロットさんの柔らかい唇に、自分の唇を当てた。

「――ちゅっ」

大人がするようなキスではなく、触れ合わせるだけの、軽いキス。

それでも数秒はくっつけているし、心臓はバクバクだ。
何より、凄《すご》く幸せだった。
「んっ……」
だけどシャーロットさんの場合、一回のキスでは満足しないのだろう。
口を離すと、また物欲しそうに俺の顔を見てきた。
しかもさっきとは違って、自分から唇を突き出している。
多分、一回するとスイッチが入るんだと思う。
俺はその後も、何度もシャーロットさんのおねだりに応え続けた。
結果——翌日、二人とも寝不足になってしまったのは、言うまでもないだろう。

第二章「将来のために迫られる選択」

「――ふぁ……眠い……」

シャーロットさんと夢について話した翌日の朝、俺は眠気に襲われていた。

寝たのは朝日が昇り始めた頃で、正直全然寝足りない。

「まさか、朝までやるとはな……」

求められるとつい嬉しくて応えてしまっていたのと、時間感覚がなくなっていたせいで、気が付いた時には朝だった。

どんだけ彼女に溺《おぼ》れているんだ、という話だ。


……それにしても、シャーロットさんって……もしかして、性欲が強いんだろうか……？


あそこまで何度もキスを求められると、ついそんなことを考えてしまう。

何か止まる要因がないと、いつまでも続けそうな勢いなのだ。

いや、嬉しいことではあるのだけど……。

「──明人《あきひと》君？」

「わっ!?」

「きゃっ!?」

驚いて振り返ると、シャーロットさんが飛び跳ねていた。

突然声をかけられて驚いたが、逆に驚かせてもしまったようだ。

「ごめんごめん、戻ってきたんだね」

今日は休日ということもあってこれから公園に遊びに行くので、彼女たちは着替えるために自分たちの部屋へと帰っていた。

ちなみに、今日俺とシャーロットさんを起こしたのは、エマちゃんだ。

いつもは俺たちが起こすまで寝ているのに、今日は遊ぶ気満々になっていて、自分から起きたらしい。

「何か考え事をされていたのですか？」

さすが、相変わらず勘がいい。

「まぁ、そんなとこだね」

言えない──シャーロットさんの性欲が強そう、なんてことを考えていたなんて。

「……？」

俺が気まずさを感じていることに気付いたのか、シャーロットさんは不思議そうに首を傾《かし》げながら、俺の顔を見つめてくる。

時々天然を発動するけれど、この子も基本は鋭い。

顔に出さないように、努めないとなぁ……。

『――おにいちゃん、まだいかないの……？』

シャーロットさんから視線を逃がしていると、クイクイッと服の袖《そで》を引っ張られた。

見れば、サッカーボールを抱えているエマちゃんが、不満そうに頰を膨《ふく》らませている。

そう、今日は公園でサッカーをする約束なのだ。

エマちゃんが早起きしたのも、普通に遊ぶのではなく、サッカーをするからだろう。

最近はサッカーが、この子のブームのようだから。

『ごめんね、行こっか』

『んっ！　だっこ！』

エマちゃんは元気よく頷《うなず》いた後、両手を広げて抱っこを求めてきた。

『今日はすぐ近くの公園に行くんだし、歩こうね』

『むぅ』

最近は足腰のことを考えて、エマちゃんにも歩かせるようにしている。

そのことはちゃんと理解してくれたらしく、エマちゃんも不満アピールをするだけで、素直に歩いてくれていた。

もちろん、あまり断ってしまうと不満が溜まりすぎてしまうので、頻度《ひんど》を考えてエマちゃんの反応を見ながら、使い分けている。

ゆくゆくは、俺が抱っこをすることもなくなるだろう。

――いや、普通に寂しいけどな。

娘の成長を見守るお父さんって、こんな気持ちなのかもしれない。

その後は仲良く三人で手を繋《つな》いで、公園へと向かうのだった。

◆

『――おにいちゃん、いく……！』

エマちゃんは元気よく右手を挙げながら、俺に意思確認をしてくる。

しっかり様になったものだ。

『いつでもいいよ』

『んっ！　えいっ……！』

離れた場所から、エマちゃんが勢いよくボールを蹴《け》る。

そのボールは、ちゃんと俺の足元へとピッタリに届いた。

『うん、もう完璧《かんぺき》だね』

『えへへ』

わずか五歳で、ここまで思い通りにサッカーボールを蹴られる子が、いったい何人いるのだろうか？

本当にこの子は才能の塊《かたまり》だと思う。

『エマちゃん、次は直接蹴り返してみようか』

『ん？』

提案した内容がわからなかったのか、エマちゃんがキョトンとした表情で小首を傾げる。

見せたほうが早いと思った俺は、エマちゃんにパスをする。

『蹴ってみて』

そしてエマちゃんが俺に向かって蹴ってきたボールを、ダイレクトで蹴り返して、エマちゃんの足元に収めた。

『おぉ……！』

ボールの勢いを殺さず、そのまま蹴り返しても自分の足元に来たことで、エマちゃんは拍手をしながら喜んでくれる。

相変わらず、いい反応をしてくれる子だ。

『つぎ、エマも……！』

自分でもやる気になったようで、俺にパスをしてきた。

そのままダイレクトで蹴ろうかと思ったけれど、いったんいつものように勢いを殺してからエマちゃんにパスを出してみる。

すると――。

『あっ……！』

力んだエマちゃんは、全然違う方向にボールを蹴ってしまった。

『意外と難しいでしょ？』

俺は走ってボールを止めた後、エマちゃんに笑顔を向ける。

思い通りに蹴ることができなかったエマちゃんは、プクッと頬《ほお》を膨らませていた。

『むぅ……』

『大丈夫だよ、慣れたらすぐにできるようになるから』

止まったボールを狙い通りの場所に蹴られるなら、感覚さえ摑《つか》めばダイレクトでも思ったところには蹴られる。

エマちゃんなら、本当にすぐできるようになるだろう。

――俺が思った通り、四回ほどダイレクトで蹴ると、エマちゃんのボールは安定してきた。

三回目には微調整をしていたようだったので、どのように蹴ればいいのか感覚を摑めたようだ。

その後はエマちゃんが満足するまで、キャッチボールをするかのように、ダイレクトでサッカーボールを蹴りあった。

まるで、自分の娘と遊んでいるかのようなこの時間は、とても楽しい。

この幸せな時間を失うのは、絶対に嫌だ。


……許嫁《いいなずけ》、か。


「――お疲れ様です」

休憩のためエマちゃんとベンチに戻ると、シャーロットさんが水筒を渡してくれた。

見ているだけなのは暇だろうに、嫌な顔一つしないのだから、本当に出来た子だと思う。

「ありがとう」

『エマも、はい』

『んっ、いい』

エマちゃんは首を左右に振って水筒を断り、俺のことを見てきた。

俺が座るのを待っているのだろう。

『エマちゃん、水分補給は大切だから、喉《のど》が渇《かわ》いてなくても飲もうね？』

俺はシャーロットさんの隣に座りながら、エマちゃんにそう伝える。

エマちゃんは俺の膝の上に座ってくると、チラッとシャーロットさんの持つ水筒へと視線を向けた。

『んっ』

そして、《水筒を頂戴《ちょうだい》》と言わんばかりに、シャーロットさんに向けて両手を差し出す。

相変わらず、聞きわけがいい子だ。

「――何か、心配事でもあるのですか？」

「えっ？」

飲んでいるエマちゃんを見つめていると、シャーロットさんが声をかけてきた。

「時々、サッカーをしながら考え事をされていましたよね？　それに、今日私たちがお部屋に戻った際も、考え事をされていたようですし」

確かにあの時も考え事をしていたのだけど、今回していたものとは違う。

とはいえ、どちらも説明しづらいもので……。

「ちょっと眠たいだけだよ」

つい、そんなふうに誤魔化《ごまか》してしまった。

「帰ってお昼寝します？」

「――っ」

お昼寝――それは、凄《すご》く魅力的なお誘いだ。

俺が寝るとなると、エマちゃんも一緒にお昼寝をするだろうし、ワンチャンシャーロットさんも一緒にするかもしれない。

そんなの、幸せすぎるだろう。

とはいえ――。

『おにいちゃん、つぎリフティング……！』

エマちゃんが、サッカーをしたがっているので、難しいようだ。

早く早く、と言わんばかりに俺の服をグイグイと引っ張っている。

『エマ、まだ少ししか休憩してないよ？　ちゃんと休まないと』

『だいじょうぶ……！』

『でも……』

元気溢《あふ》れるエマちゃんに対し、シャーロットさんは困った様子を見せる。

本人が大丈夫と言っていても、周りから見たら心配になることもあるだろう。

だけど今日は涼しいし、汗をかくほど動いているわけでもないから、すぐに再開しても大丈夫そうだ。


……三人でのお昼寝は、お預けだけど。

『それじゃあ、またちょっとやって――』

「――やぁ、とても楽しそうだね、明人」

「――っ」

突然聞こえてきた、俺の名前を呼ぶ声。

振り返ると、ここ数年会っていなかった男が、楽しげに笑みを浮かべていた。

「理玖《りく》……」

俺の目の前に現れた男――神薙《かんなぎ》理玖は、同世代では今一番有名な、サッカー選手だ。

「そんな警戒しないでよ。別に喧嘩《けんか》を売りにきたわけじゃないんだし」

「…………」

俺は理玖の言葉には反応せず、理玖の隣へと視線を向ける。

そこには、バツが悪そうに清水《しみず》さんが立っていた。

どういう繋がりだ？

「清水さん……そういうことですか……」

二人が現れた理由にシャーロットさんは合点《がてん》がいったのか、悲しそうに目を細める。

「ごめん……」

それに対して、清水さんは申し訳なさそうに謝ってきた。

いったい、どういうことだ？

「ごめんなさい、明人君。一時間ほど前……清水さんからチャットアプリで、今何をしているか聞かれましたので、公園で明人君たちと遊んでいることを伝えてしまいました」

なるほど……。

清水さんが連絡してきた理由が、ここに現れるためだった、とシャーロットさんは理解したわけか。

有名人の登場にシャーロットさんが驚いた様子を見せないということは、清水さんと理玖が繋がっていることを、彼女は知っていたのだろう。

清水さんは、理玖の彼女だったのか？

「なんでここに来たんだ？」

理玖の活躍は知っているが、数年会っていなかった相手だ。

昔の性格を知っているとはいえ、変わっていることも視野に入れておかないといけない。

何より、姫柊財閥《ひめらぎざいばつ》とうまくいっていない現状では、あまり他人を信用するわけにはいかなかった。

どこに罠《わな》があるか、わかったものじゃない。

「そう警戒しないでって言ってるじゃないか。本当に、何か悪いことをするために来たんじゃないからさ。ただ……彰から、明人はちゃんと前を向いたって聞いたからね、話をしに来たんだよ。大切な話をね」

理玖の様子からは、嘘や嫌な感情は窺《うかが》えない。

もともと、サッカー一筋の純粋な男ではあるし……。

『むぅ……』

邪魔が入ったからだろう。

エマちゃんが頬を膨《ふく》らませて、不満げに理玖を見上げていた。

そのことに気が付いた理玖は、ニコッと笑みをエマちゃんに向ける。

しかし、エマちゃんは――プイッと、ソッポを向いてしまった。

そして、テクテクと歩いてシャーロットさんのもとへ行き、シャーロットさんの足に顔を押し付ける。

邪魔者の登場で、俺がサッカーをしてくれないと思い、いじけたようだ。

「凄く素直な子だね……」

「アポなしで来た、理玖が悪い」

「事前に連絡したら、君は会ってくれないだろ？」

「…………」

確かに、連絡が来ても会わないだろう。

中学時代の知り合いには、なるべく会わないようにしているのだから。

「大切な話ってなんだ？」

気になったので尋ねると、理玖はチラッとシャーロットさんを見る。

「二人きりで話せるかな？」

どうやら、彼女に聞かせたくない内容のようだ。

俺も内容がわからない以上は、そちらのほうがいいが……まぁいっか。

さすがに、許嫁関係の話ではないだろうし。

「――理玖、何を話すかは知らないけど……私との約束、守ってよ？」

思うところがあったのだろう。

黙り込んでいた清水さんが、睨《にら》むようにしながら口を開いた。

理玖はそれに対して、仕方なさそうに笑って頷《うなず》いたのだが、おそらくここに来るまでもひと悶着《もんちゃく》はあったのだろう。

下の名を呼んでいることから、やはり二人は親しい仲のようだ。

本当に彼女なのか？

「えっと……清水さん、お話をしてしまってもよろしいでしょうか？」

俺が二人の関係を気にしていることに気付いたのか、シャーロットさんが清水さんに確認を取った。

「あ～、まぁ、うん。ここに一緒に来てる時点で、隠す意味なんてないしね……」

清水さんは困ったように笑いながら、視線を彷徨《さまよ》わせる。

今までは、意図的に隠していたというわけだ。

「青柳君、私たち従兄妹《いとこ》なの」

彷徨っていた目が俺に向くと、真剣な表情になって清水さんは話してくれた。

「従兄妹……」

なるほど……清水さんがやけに俺を敵視していたのは、理玖関係だったわけだ。

まぁ、理玖と喧嘩したとかはなかったので、それでも敵視されていたのは腑《ふ》に落ちないけれど。

それにしても、世の中って意外と狭いんだな……。

とりあえず、シャーロットさんが理玖を気にしていた理由がはっきりして、よかった。

彼女は清水さんと理玖の繋《つな》がりを知っていたからこそ、興味を抱いていただけだろう。

「さて、有紗《ありさ》とのことがスッキリしたことだし、そろそろ場所を移そっか？」

「あぁ、そうだな。シャーロットさん、エマちゃんをよろしくね」

俺はそれだけ言うと、理玖と共に彼女たちから距離を取る。

さすがにシャーロットさんとエマちゃんが心配だから、公園を出てどこかに行ったりはしない。

「――それで、大切な話って？」

「君なら僕が来た理由くらい、想像がついてるんじゃない？」

「俺はエスパーじゃないぞ？」

おどける理玖に対し、俺は眉《まゆ》を顰《ひそ》める。

「あはは、まぁいいけどね。僕が君を訪ねる理由なんて一つでしょ？　単刀直入《たんとうちょくにゅう》に言おう。おいでよ、僕のチームに」

理玖はそう言って、右手を差し出してきた。

どうやら、昔から変わっていないようだ。

「俺がサッカーを辞めたのは、知ってるだろ？」

「知ってるさ。でも、もう前を向いたんでしょ？」

「確かに前を向いてはいるが……」

「だったら、一緒にやろうよ。君の一番の強みは、その頭脳と知識だ。ブランクなんて気にしなくていいじゃないか」

理玖は初めて対戦した時以来、俺のことを過大評価している。

そのせいで、広島に住んでいるにもかかわらず、練習休みは時々俺のところに来ていたくらいだ。

まぁだいたいは、こういった勧誘だったのだけど。

後、昔はめちゃくちゃ連絡をしてきていた。

——そう、しつこいのだ、こいつは。

「悪いが、サッカーをするつもりはない。やる気持ちがあるなら、今頃彰《あきら》と同じチームに入ってるだろ？」

「まぁ、君ならそう言うと思ってたよ」

「それなら、話はこれで――」

「――でもさ、本当にいいの？」

話を終わらせてシャーロットさんのもとに戻ろうとすると、理玖が声のトーンを数段落として確認をしてきた。

「何がだ？」

普通ではない雰囲気《ふんいき》に、俺は警戒をしながら振り返る。

「あの子ってさ、姫柊財閥から紹介されてる子じゃないんでしょ？」

「………………」

理玖が何を言いたいのか、なんとなくわかってしまった。

俺にまとわりついていただけあって、俺や姫柊財閥の事情に理玖は詳しい。

「有紗から聞いてるけど、彼女は随分《ずいぶん》明人のことを溺愛《できあい》してるようだね？　そして君も、彼女をとても大切に想ってる。大方プロの道に進まないのも、彼女と一緒にいる時間が減るからでしょ？」

「だったら、なんだって言うんだ？」

「とぼけないでほしいな、わかってるんでしょ？　彼女と一緒にいるには、姫柊に従ったままじゃ駄目なことは」

いったいどこから情報を摑《つか》んだのか──いや、姫柊財閥に対しての俺の立場を知っているからこそ、想像に難くないということだろう。

現に、姫柊社長は俺とシャーロットさんの関係を認めていない。

「一般人が、大手財閥のトップを敵に回したところで、生涯《しょうがい》邪魔をされるのがオチだよ」

「だから、プロサッカー選手になれと？」

「少なくとも、うちのオーナーは姫柊財閥とライバル関係にあるから、圧力をかけられる心配がなくて安心だね。本当に彼女との将来を考えるなら、自分が取るべき選択肢《せんたくし》がなんなのか、ちゃんと考えたほうがいいんじゃないかい？」

「…………」

相変わらず、優男《やさおとこ》のくせに抜け目がない奴だ。

現実的に見て、俺が逆らった場合、あの社長は全力で潰しに来るだろう。

そうなれば、シャーロットさんやエマちゃんにも影響しかねない。

しかし、俺がサッカーで結果を出せるなら、理玖のチームのオーナーが守ってくれるというわけだ。

使えるうちはいいようにしてもらえるというのは、どこも同じだろう。

「例の件、サッカー関係者ならほとんどの人間が知ってるはずだ。俺の入団なんて、認めないだろ？」

「そこは既に、監督には話を通してるさ。詳しくは話せないけど、明人はチームを壊すような人間じゃないし、何かあった場合は僕が責任を取るということでね。もともと監督も、明人には注目していたらしいから、話は早かったよ」

「いや、ユースの監督が認めてくれても、肝心《かんじん》なトップチーム――プロの監督が認めてくれないと、不可能だろ？」

ユースに入ることができて結果を出したとしても、トップチームの監督が許さなければ、昇格はできない。

つまり、プロにはなれないのだ。

「あぁ、そういえば言ってなかったね。僕、来シーズンにトップチームへ昇格することになったんだ。だから当然、話をつけたのはトップチームの監督だよ。まぁ、もともとはユースの監督だった人だけどね。明人をすぐにトップチームに入れることは不可能だけど、ユースで結果を出せば、昇格も約束してくれてるよ」

さすがに、少し驚いた。

才能がある奴だとは思っていたし、今では世代別日本代表のエースストライカーとして活躍をしているのも、知っている。

それでも、J1リーグで優勝争いをしているトップチームに、高校生のうちに昇格できるなんて凄《すご》すぎだ。

「おめでとう——とは言うが、それならこんなところで油を売っている暇ないだろ？　過酷《かこく》なレギュラー争いが待っているんだから、少しでも練習しないといけないんじゃないのか？　それに、最近メディア露出がかなり多くなっているようだし、いったい——」

「はいはい、話を逸《そ》らそうとしないで。僕的には、自分の練習よりも明人の獲得のほうが大切だと思って、わざわざ来たわけだよ。《ピッチ上の支配者》という異名を持つ君を、みすみす放っておくはずがないじゃないか」

理玖はニコッと笑みを向けてくる。

それに対して、俺は——。

「いや、その二つ名を出すなって……！　お前ら、実は嫌がらせだろ!?」

全力で苦情を言っておいた。

しっかりと、元チームメイトの奴ら以外にも浸透しているらしく、頭が痛くなってくる。

本当に誰だ、名付けたのは……！

風評被害にもほどがあるぞ！

散々苦い思い出がある二つ名に対し、俺はつい心の中で怒りを燃やしてしまう。

「いい二つ名だと思うけどね」

「どこがだよ!?」

「まぁ、いっか。それよりも、ちゃんと君を迎え入れる準備はしているから、しっかりと考えてほしい。かわいい彼女のためにもね？」

理玖はそう言うと、ベンチに座って清水さんと話す、シャーロットさんへと視線を向ける。

だから、釣られて俺もシャーロットさんのほうを見たのだけど、バッチリ彼女と目が合ってしまった。

やはり、俺たちの話を聞いていたんじゃないだろうか？

あの子、聴力が異常にいいみたいだからな……。

「……そうだな、少し考えさせてくれ」

理玖が言っていることは的《まと》を射《い》ている。

もし姫柊財閥《ざいばつ》と対立するなら、後ろ盾は必要不可欠だ。

プロになれる実力が本当にあるのか――という疑問はあるが、シャーロットさんとの未来を守るには、有難い誘いだった。

しかしプロを目指すなら、ほとんどの時間をサッカーに費《つい》やしても足りるかどうか、というレベルの話になる。

シャーロットさんたちと一緒にいられる時間なんて、ほとんどないだろう。

そうなってしまっては、本末転倒なんじゃないのか、という引っ掛かりがあった。

「ふふ、まぁ考えてくれるようになっただけで、大きな成果かな。可能性がないなら、君はきっぱり断るだろうし」

「……とりあえず、話は終わりだな？　シャーロットさんたちのもとに戻ろう」

楽しげに笑う理玖に対し、俺は背を向けて足を踏み出す。

すると――。

『んっ……！』

待ちくたびれたかのように、エマちゃんが両手を広げてアピールをしてきた。

抱っこしろ――ということなのはわかっているので、俺はゆっくりとエマちゃんを抱き上げる。

「あ～、まじか」

そんな俺の行動を見て、困ったような声を出したのは理玖だった。

「どうした？」

「ん～、まぁその時が来たら、加工してその子を隠せばいっか。はい、チーズ」

「はっ!?　おい！」

理玖はいきなり俺と肩を組むと、スマホのインカメラを使って、俺たち三人を撮影した。

それに対して俺は声を荒らげたのだ。

「理玖……！」

そして、清水さんも声を荒らげる始末。

普段は結構冷静な子なので、怒るとちょっと怖い。

「二人とも、そんな怒らないでよ」

「勝手なことしすぎ！　強引なことや、迷惑をかけることはしないって約束でしょ！」

清水さんが言っていた約束とは、そういうことだったらしい。

やっぱり、キッチリとしている子なんだよな……。

「写真の一枚くらい、いいじゃないか」

「その子の顔を見ても、そんなこと言えるの!?」

清水さんは、俺が抱っこしているエマちゃんを指さす。

肝心なエマちゃんはといえば、頰《ほお》を膨《ふく》らませて不満そうに理玖を睨《にら》んでいた。

……うん、完全に嫌っている顔だ。

「僕、女の子から嫌われたの、初めてかもしれない」

「モテる自慢はいいから、もう変なことはやめてくれ。この子は強制されたり、うるさいことが苦手なんだよ」

「わかったってば、ごめんね。えっと――エマちゃん、だったかな？」

『きらい……！』

ニコッと笑みを浮かべた理玖に対して、エマちゃんはビシッと人差し指でさしながら、不満をぶつけてしまった。

ここに来た時から邪魔をされているし、ついに怒りが爆発してしまったようだ。

『よしよし』

俺はエマちゃんの頭を撫《な》でてあやしながら、若干《じゃっかん》落ち込んでいる理玖を見る。

「幼いから、素直なんだよ」

「それフォローになってないよ!?」

理玖は目を見開き、驚いたようにツッコミをしてきた。

まぁ、フォローをするつもりがないしな。

不機嫌なエマちゃんは、グリグリと顔を俺の胸に押し付けてくる。

今の大きな声が嫌だったらしい。

「話が終わったんなら、もう帰るよ！」

若干キレ気味な清水さんが、理玖の腕を引っ張っていこうとする。

ここまで怒っている彼女を見るのは、初めてかもしれない。

しかし、理玖は顔に似合わず体はしっかり鍛え上げている。

力の弱い女の子が、引きずっていけるような相手ではなかった。

「動かない……！」

頑張って引っ張っても動かない理玖に対し、清水さんが悔《くや》しそうに声を上げる。

「意地悪せず、行ってやれよ」

見ていて可哀想《かわいそう》だったので、俺は理玖の背中をポンッと押した。

「いや、意地悪じゃなくて、まだ帰る気がないんだけど……」

「話は終わったんじゃなかったのか？」

「話じゃなくて、もうお昼の時間でしょ？　せっかくだし、一緒にどう？」

理玖は悪気のない笑顔で誘ってきた。

意外と天然なところもあるんだよな、こいつも。

俺は腕の中にいるエマちゃんを見る。

『エマちゃん、お腹空《す》いた？』

『うぅん……。サッカー……』

どうやら、お腹は空いておらず、まだサッカーがしたいようだ。

誤解があるとはいえ、理玖のことを嫌ってしまっているようだし、ここは一緒に行動しないほうがいいだろう。

「悪いな、また今度にしてくれ」

「……そっか、わかったよ」

意外にも、あっさりと理玖は退《ひ》いた。

さすがに、エマちゃんを敵に回すまずさを察したか？

「ごめんね、シャーロットさん、青柳君《あおやぎ》。楽しんでるところを邪魔して」

「いえ、いつもお世話になっていますから、気になさらないでください」

シャーロットさんは大人の対応で、清水さんに笑顔を向ける。

俺と理玖が話している間に彼女たちも話していたから、和解はしていたのだろう。

――その後は清水さんと理玖が帰っていき、俺とエマちゃんはサッカーを楽しむのだった。

◆

「――ねぇ、シャーロットさん。もし俺が、プロサッカー選手を目指すって言ったら、どうする？」

エマちゃんが寝た後――膝の上に座っているシャーロットさんに、俺は理玖と話していたことを切り出した。

やはり、相談できることはちゃんと相談したいのだ。

シャーロットさんは思うところがあったのか、俺の膝から降りて、ピンッと背筋を伸ばしながらこちらを見てきた。

「明人君がサッカーをしている姿は、とてもかっこよくて見ていたいと思います。ですが――自分の気持ちではなく、仕方なく目指すようであれば、私は反対です」

彼女がこうもハッキリと反対だと言ったことは、今まで一度もないと思う。

俺が学校でしていたことにだって、こうも直接言葉にして言ってくることはなかった。

そのため彼女が本気で言っているのがわかるが、おそらくそれだけではないだろう。

やはり、彼女は俺たちの会話を聞いていたようだ。

「明人君、横になってください」

「……えっ？」

急に横になれと言われ、俺は戸惑ってシャーロットさんの顔を見る。

「お願いします」

真剣な表情で言われると、逆らう気にはなれない。

俺はシャーロットさんの要望通り、横になった。

すると――。

「頭は、こちらにお願いします」

優しく頭を手で持たれ、とても柔らかいものの上に置かれた。

いや、これって……。

「たまには、私が甘やかす側になります」

シャーロットさんは頬を赤く染めながら、上からジッと俺の顔見つめてきた。

俺は今――彼女に、膝枕をされている。

凄《すご》く幸せな気分だ。

……これ、顔の向きを変えて、頬を太ももに当ててもいいのだろうか？

「あの……何か言って頂けると……」

膝枕に意識が集中していると、シャーロットさんが恥ずかしそうに俺の顔を見ていた。

俺が黙っていることで、恥ずかしくてたまらないようだ。

「ごめん、ちょっと驚いちゃって」

「いつも、甘やかして頂いてばかりなので……」

そう言いながら、シャーロットさんは俺の頭を撫で始めた。

優しく丁寧《ていねい》な動きだが、ちょっとくすぐったい。

「明人君が、常に私やエマのことを考えていてくださることは、わかります。今はお家のことで大変だということも、わかっていますよ。ですが——自分の気持ちを蔑《ないがし》ろにしないでください。お伝えしているように、何か問題があるのでしたら、二人で考えて乗り越えましょう。

それに——」

シャーロットさんはそこで言葉を止めると、なぜか俺の耳元に顔を寄せてきた。

おかげで、女の子の大切な部分が、思いっきり顔に押し付けられる。

だけど、シャーロットさんは気が付いていないようだ。

「私は……明人君と一緒にいられるだけで、十分なのです。他は望みません」

耳元で優しく囁《ささや》かれた言葉は、とても熱っぽかった。

顔から圧がなくなり、見えたシャーロットさんの顔は真っ赤に染まっている。

きっと、俺の顔も真っ赤に染まっていることだろう。

彼女が囁いてくれた言葉は、それだけ破壊力があったのだ。

――当然、この後は勉強をする気にはなれず、シャーロットさんといちゃついて眠りにつくのだった。

第三章 「妹のおねだりと彼女の嫉妬」

シャーロットさんのおかげでしっかりと答えを出せた翌日、俺の家に珍しいお客様が来ていた。

いや、お客様と呼ぶと、語弊《ごへい》があるかもしれないが。

「――お、おはよう、お兄ちゃん」

緊張した様子で玄関に立っているのは、私服姿の華凜《かりん》だった。

初めて遊びに来たので、落ち着かない様子だ。

「おはよう、華凜。確か俺が、駅まで迎えに行く予定だったと思うけど……」

「乗り間違いとか、乗り過ごしがあっても約束の時間には着けるように……一本早いのに乗ったから……」

つまり、予定よりも三十分早く、駅に着いたというわけだ。

「だからそのまま来たんだね。迷わなかった？」

「んっ、頑張ってスマートフォンのナビ通りに来たから」

ナビ通りに来たことを、《頑張って》と言うところがかわいらしい。

あまり使い慣れていないのだろう。

「よかった、帰りは送るよ。さぁ、中に入って」

俺は華凜を連れて、シャーロットさんたちが待っている部屋へと連れていく。

「おはようございます、東雲《しののめ》さん」

ドアを開けると、ぐずるエマちゃんの相手をしていたシャーロットさんが、先に挨拶《あいさつ》をしてくれた。

「お、おはよう、シャーロットさん……。それと、エマちゃんも、おはよう……」

『…………』

名前を呼ばれたからだろう。

寝起きで機嫌が悪いエマちゃんの視線が、華凜へと向いた。

『あっ、ねこちゃん……！』

『猫ちゃん？』

華凜を見て猫ちゃんと呼んだので、俺は疑問を抱いて首を傾《かし》げる。

すると、エマちゃんは傍に置いていた二つのぬいぐるみのうち、片方を手に取った。

華凜がエマちゃんにあげた、猫のぬいぐるみだ。

『ねこちゃん……！』

どうやら、《猫のぬいぐるみをくれた人》という意味で、華凜のことを《猫ちゃん》と呼んでいるようだ。

「猫のぬいぐるみ、気に入ってくれたんだね」

嬉しそうに猫のぬいぐるみを見せてくるエマちゃんに対し、華凜は笑顔を見せる。

エマちゃんが大切にしていることがわかったのだろう。

どうやらエマちゃんの機嫌は直ったようだし、華凜に対して人見知りを発揮している様子もないから、よかった。

自分の大切なぬいぐるみを直してくれて、新しいぬいぐるみもくれた人だから、心を許しているようだ。

『ねこちゃんも、あそぶ？』

エマちゃんはテクテクと近寄ってきて、華凜の足元にやってきた。

華凜と遊びたいようだ。

「…………」

さすがにこれくらいの簡単な英語なら、華凜もわかるのだけど――若干《じゃっかん》、気後れしているように見える。

グイグイこられるのは苦手なようだから仕方ないのだけど、ギュッと俺の服の袖《そで》を摑《つか》んできていた。

「遊びたがってるだけだから、遊んであげたら？」

せっかくの機会なので、俺は優しい声を意識しながら、華凜に行動を促す。

「んっ……でも、何して遊んだらいいか、わからない……」

「猫のぬいぐるみで遊んであげたらいいんじゃないかな？　ほら、二つあるしさ」

俺があげた猫のぬいぐるみと、華凜があげた猫のぬいぐるみがある。

それを使って遊べば、エマちゃんも喜ぶだろう。

「わかった……」

「テキトーに座ってくれたらいいよ」

華凜に座るよう促し、俺も床へと腰を下ろした。

すると、ジッとエマちゃんが俺のことを見つめてくる。

何を考えているのかは、すぐにわかった。

『エマちゃん、おいで』

胡坐《あぐら》をかき、両手を広げながらエマちゃんを呼ぶ。

それによって、エマちゃんは当たり前のように俺の膝の上に座ってきた。

本当にこの子にとっては、俺の膝の上に座るのが当たり前になっているのだ。

「やっぱり、手慣れてる……」

「あはは……いつものことですからね。東雲さん、喉《のど》は渇《かわ》いていませんか？」

俺とエマちゃんを見て、何やら仕方なさそうに笑いながら、シャーロットさんと華凜が話をしている。

まぁ、言わんとすることはなんとなくわかるのだけど。

現在シャーロットさんが華凜にお茶を用意しているので、華凜が戻ってくるのを少し待つ。

そして戻ってくると、俺があげたほうのぬいぐるみをエマちゃんが持ち、華凜があげたほうのぬいぐるみは華凜が持って、二人で遊び始めた。

ただ――。

『にゃっ！　にゃにゃ！　にゃぁ！』

「ふにゃ？　にゃ～？」

二人とも、猫語で喋《しゃべ》っているので、何を言っているのか全然わからない。

最初にエマちゃんが猫語で喋り出したため、華凜も合わせて応じているのだけど、絶対に会話は噛《か》みあっていないだろう。

しかし、二人とも話せる言語が違うので、これでいいのかもしれない。

エマちゃんだって、自分の言葉が通じないとわかっているからこそ、こうして猫語にしたのかもしれないし。

――いや、多分、猫になりきっているだけだろうけど。

「ふふ、微笑《ほほえ》ましい光景ですね」

「シャーロットさんは混ざらなくていいの？」

シレッと俺の隣に座って肩をくっつけてきたシャーロットさんに対し、俺は笑顔で尋ねてみた。

猫語といえば、彼女こそ猫相手に猫語を使っていたからな。

かわいかったし、華凜とエマちゃんしかいない今であれば、彼女が猫語を話してもいいと思う。

「ぬいぐるみがありませんので」

「シャーロットさんが猫の真似《まね》をするとか？」

ちょっと冗談交じりで提案してみた。

すると――。

「……にゃんにゃん？」

小首をかわいらしく傾げながら、猫の手にした右の手首を言葉に合わせて二度曲げて、猫ポーズを取ってくれた。

いや、かわいすぎるだろ。

「――あっ、使う……？」

彼女のかわいさに癒《いや》されていると、シャーロットさんが猫の物真似をしていることに気付いた華凜が、自分が使っていた猫のぬいぐるみを差し出してきた。

「い、いえいえ、大丈夫です。私は見ていたいので」

華凜から貰《もら》う気がなかったシャーロットさんは、若干慌てながら首を左右に振った。

華凜は気が弱いのですぐに人に譲《ゆず》ろうとするから、言葉には気を付けたほうがいいかもしれないな……。

まぁシャーロットさんが慌てているのは、猫の物真似を見られた恥ずかしさもあるのかもしれないが。

「そう……？」

「はい、エマも東雲さんと遊びたいと思いますし」

シャーロットさんのその一言が効いたようで、華凜はまたエマちゃんと遊びだした。

楽しそうに遊ぶ二人を見ているのは、なんだか幸せな気分になれる。

華凜もぬいぐるみが大好きなようだし、こういった遊びは好きなのだろう。

こうして一緒にぬいぐるみで遊べる相手はなかなかいないようだし、エマちゃんと気が合ってくれてよかった。

そうして、遊んでいる二人を見つめていると――。

『おにいちゃん』

クイクイッとエマちゃんが俺の服を引っ張ってきた。

『どうしたの？』

『んっ、なんていう？』

エマちゃんは華凜を指さし、首を傾げた。

……何を聞かれてるんだろう？

『おにいちゃん』

俺が首を傾げると、エマちゃんが俺を指さして呼んできた。

そして次に、華凜を指さす。

『なんていう？』

あぁ、なるほど……そういうことか。

どうやらエマちゃんは、俺を呼んでいるような呼び方で、華凜の呼び方を知りたいらしい。

エマちゃんの中で華凜は、猫のぬいぐるみをくれたり直したりした人から、親しい人に昇格したんだろう。

『〝お姉ちゃん〟だよ』

エマちゃんに対して俺は、日本語でお姉ちゃんという言葉を教えた。

『おねえちゃん？』

最近日本語の練習をしているからか、初めて俺のことをお兄ちゃんと呼んだ時よりも、かなりスムーズにお姉ちゃんと言えた。

成長が感じられて嬉しい。

『そうだよ。それとね、この子は俺の妹なんだ』

『おにいちゃんの!?』

俺の妹だと聞くと、エマちゃんのテンションがわかりやすくあがった。

そして、なんだか特別な存在を見るかのように華凜を見つめる。

「エマにとって家族は特別であり、明人《あきひと》君も特別なので、明人君の家族は特別――って感じでしょうね」

エマちゃんの様子を観察していたシャーロットさんが、そう解説をしてくれた。

家族と言われると胸に刺さる負い目があるのだけど、華凜を特別視してくれるのは嬉しい。

何より、シャーロットさんの言葉を聞いた華凜が、ほんのりと顔を赤くしながらも、嬉しそうに笑っているのがよかった。

『おねえちゃんは、なんでえいごしゃべらないの?』

俺の妹と聞いたからだろうか?

エマちゃんが純粋な眼差《まなざ》しで、華凜に酷《こく》な質問をしてしまった。

どうやら俺の妹ということで、英語を喋れると思ってしまったようだ。

華凜もこれくらいの英語ならわかるので、若干ショックを受けている。

そして、困ったように俺の顔を見てきた。

助けて、ということだろう。

『エマちゃん、家族でも喋れるとは限らないんだよ。シャーロットさんは日本語を喋ることができるけど、エマちゃんは日本語を勉強してるでしょ？』

自分に置き換えてあげることで、エマちゃんにもわかりやすく説明をする。

それによって理解したエマちゃんは、残念そうに俺の膝をペチペチと叩いてきた。

あまり他人とは話さない子だけど、俺やシャーロットさんとは結構話をする。

多分、親しい人間とは話すのが好きなのだろう。

『エマちゃんが日本語を喋れるようになったら、話せるからね？』

『んっ』

『何か聞きたいこととか、話したいことがあったら、俺が伝えるよ？』

直接は話せなくても、俺やシャーロットさんが通訳になってあげられる。

だから提案をすると、エマちゃんは少しだけ考えて、首を傾《かし》げた。

『おにいちゃんとおねえちゃん、なんでいっしょにすんでないの？』

そして、凄《すご》く答えづらい質問をされてしまった。

そっか、そうだよな。

普通気になるよな……。

『えっと……俺は社会勉強のために、一人暮らしをしているんだよ』

困った俺は、つい誤魔化《ごまか》してしまう。

一応これも、あながち嘘ってわけでもないと思うし……。

『……』

エマちゃんは不思議そうに首を傾げながら、体を左右に揺らして俺の顔を見つめてくる。

もしかしたら、社会勉強の意味がよくわからなかったのかもしれない。

しかし――。

『んっ』

自己完結したのか、エマちゃんは一人頷《うなず》いた。

《よくわからないけど、お兄ちゃんが言っているならそうなんだろう》というふうに捉えた気がする。

この子はシャーロットさんと違って、結構てきとーなところがあるのだ。

『他に聞きたいことはないかな？』

この話が都合が悪かった俺は、エマちゃんが話題を掘り下げる前に逸《そ》らしてしまう。

『おねえちゃん、めをかくしてるの、なんで？』

すると今度は、華凜が目を隠していることについて聞いてきた。

普通の人だと触れづらい話題に、遠慮《えんりょ》なく踏み込んでくるのはやっぱり子供だ。

エマちゃんにここまで困らされるのは、久しぶりな気がする。

ただ、これは華凜の問題を解決するチャンスでもあるかもしれない。

「華凜。エマちゃんが、華凜が目を隠す理由を知りたいらしいんだけど、話せる？」

「あっ、えっ……」

おそらく、華凜もエマちゃんが自分の目を気にしていることは、言葉や仕草からわかっていたはずだ。

だけど、改めて聞かれると、やっぱり簡単に話せるものではないらしい。

「明人君、あまり個人の事情に踏み込むのは……」

「うん、わかってるよ。でもね、何か力になれるなら、なりたいと思ったんだ。少なくとも、俺は華凜が隠してる理由には、心当たりがあるし」

俺は自分の左目を指でさしながら、華凜を見る。

「――っ。いつから、気付いてたの……？」

俺が言っていることが、ハッタリではないとわかったのだろう。

華凜は若干怯《じゃっかんおび》えるようにして、俺の顔を見ている。

「シャーロットさんの歓迎会の時、たまたま見えたんだよ。もちろん、だからどうこう言う気はないけどね」

華凜の秘密については、シャーロットさんにも話していない。

誰かに言い触らすことではないし、華凜にとってとても大切なことだからだ。

「……でも、言いたくない」

話すようになってからは、華凜との距離を縮められてはいると思う。

自分から一緒にいようとしてくれているので、少なからず俺に懐いているはずだ。

それでも話せないほど、やはり目の件は華凜の中で重たいもののようだ。

「まぁ、話せるようになったら、話してくれたらいいよ。俺から一つ言えるのは、華凜の瞳は凄く綺麗《きれい》だよってことだね」

このまま無理に聞こうとするのは良くないので、優しく華凜の頭を撫《な》でてフォローだけしておいた。

「お兄ちゃん……」

「何かあったら、相談だけはちゃんとしてね？」

「んっ……」

華凜も素直な子なので、ちゃんと頷いてくれた。

こういうデリケートな問題は、時間をかけて乗り越えていくしかないだろう。

もしかしたら、俺じゃなくて別の奴の手で、あっさりと華凜は乗り越えるかもしれないし。

『エマちゃん、華凜の目には秘密があるんだよ。だから、なかなか見せてはもらえないんだって』

『ひみつ……！』

子供だからか、秘密と聞くとワクワクするようだ。

無理矢理華凜の髪をあげたりしないよう、エマちゃんの行動に注意はいるが、さすがにそんなことはこの子もしないだろう。

それからは、至って普通の質問をエマちゃんがするようになったので、俺は安心して通訳をするのだった。

◆

「――それでは、そろそろ始めましょうか？」

お昼を迎えると、シャーロットさんが笑顔で華凜に声をかけた。

今日は華凜も一緒に料理をするらしい。

「華凜は普段、あまり料理をしないんだよね？」

「んっ……危ないからって、禁止されてる……」

「まぁ、料理は慣れないと危険だからね」

「違う、お母さんはいつも、私を子ども扱いする……」

どうやら華凜は、不満を抱いているようだ。

しかし、俺とシャーロットさんは、お母さんの気持ちがわかってしまう。

華凜は見た目も中身も、年齢の割に幼いのだ。

どうしても子供扱いしてしまうだろう。

俺だって、歳《とし》の離れた子供を相手にしている感じで、接していることがあるくらいだし。

まぁ華凜はそれを、妹として扱われているだけだ――と勘違いしているだろうから、不満はないようだけど。

「怪我《けが》をするのはだめですから、落ち着いて私の言う通りにしてくださいね?」

「んっ、よろしくお願いします……」

華凜はペコリッと頭を下げる。

そしてシャーロットさんも笑顔で頭を下げ、頭を上げると俺にウィンクをしてきた。

《怪我しないように、ちゃんと見てますから》

ウィンクには、そういう意味が込められていた気がする。

「――あっ……」

しかし、何か思うところがあったのか、シャーロットさんは突然考えこみ始めた。

「どうしたの?」

「いえ……今更ですが、この状況はなかなか凄いものだと思いまして……」

「どういうこと?」

シャーロットさんが何に気付いたのか、よくわからない。

ただ、凄く嬉しそうだ。

「お友達にお料理を教えさせて頂く、というだけでなく――彼氏さんの妹さんに、お料理を教えさせて頂く展開って、そうそうないと思うのです」

つまり、漫画みたいな展開だから喜んでいるのだろうか？

それとも、彼氏の妹に教えるというのが嬉しいのかな？

よくわからないけれど、シャーロットさんが嬉しそうなのでよかった。

――と、思っていたら……。

「東雲さん、華凜ちゃんと呼んでもよろしいでしょうか？」

珍しく、シャーロットさんが俺以外に積極的なアプローチを始めた。

「えっ、い、いいけど、いいの……？」

華凜的には問題ないけれど、むしろ呼んでもらってもいいのか、という確認をしたようだ。

呼ばれ慣れてないだろうし、気にするのもわかる。

「はい、是非《ぜひ》……！　華凜ちゃんも、よかったら私をお姉ちゃんって呼んでください」

「えっ……」

だけどこの展開には、華凜は固まってしまった。

というか、俺も固まってしまう。

シャーロットさん、突然どうしたんだ？

「そ、それは、その……は、恥ずかしい……」

同級生を姉と呼ぶことに、華凛は抵抗を見せた。

といっても、嫌というよりは、言葉にしている通り恥ずかしいだけのようだ。

俺のことは、普通にお兄ちゃんと呼んでいるくせに。

——って、そうか。

だからシャーロットさんは、華凛にお姉ちゃんと呼んでもらいたいのか……？

さすがに、俺が自分に都合がいいように取りすぎている気はする。

しかしそれ以外に、シャーロットさんの考えに対する説明がつかない。

「だめですか……？」

「…………」

シャーロットさんが悲しそうに華凛を見ると、華凛は困ったように視線を彷徨《さまよ》わせる。

「えっと……他の人がいない時なら……」

そして、押しに弱い華凛は、あっさりと折れてしまった。

他の人と言っているが、多分俺がいる時も呼ぶのだろう。

「ありがとうございます……！　それでは、お料理を始めましょうか、華凛ちゃん」

「う、うん、お姉ちゃん……」

満面の笑みのシャーロットさんに連れられ、恥ずかしそうな華凛が台所へと入っていく。

『ロッティー、ごきげんだった』

おとなしく見ていたエマちゃんでさえ、俺と同じ印象を抱いたようだ。

それだけシャーロットさんも、嬉しかったのだろう。

『二人とも、仲良くていいね』

『んっ、エマもなかよし』

エマちゃんも満足そうだし、これでいい。

俺は仲良く料理を始めたシャーロットさんと華凜の背中を眺めながら、こういった生活が将来送れたらいいな、と思うのだった。

数十分後――。

「うまく、できなかった……」

できあがった料理――玉子焼きや豆腐ステーキ、そして煮込みハンバーグやサラダは、見映えがいいものと、見映えが悪いものの、二つに分かれていた。

慣れてない華凜の作ったものが、形を崩してしまったり、盛り付けの際に失敗してしまっているのだろう。

サラダも、切ったサイズがまちまちになっているし、切り口も変だ。

「それじゃあ、いただきます」

俺たち四人は、手を合わせて食事の挨拶《あいさつ》をする。

初めの頃は意味を理解せず、見よう見まねでやっていたエマちゃんも、すっかり様になっていた。

郷に入《い》っては郷に従えと言っていたシャーロットさんの思惑通り、日本文化にきちんと馴染《なじ》んだようだ。

『おにいちゃん、あれ……！』

『これでいいの？』

『んっ……！』

俺はエマちゃんが指さした通り、形の崩れた玉子焼きを箸《はし》で摑《つか》んだ。

これが、華凜が作ったものだとわかっているのだろう。

てっきり見た目がいいものしか食べないと思っていたが、この子なりの気遣いがあるのかもしれない。

「お、お兄ちゃん、それはおいしくないかもだから……」

だけど、味に自信がない華凜が、俺の手を摑んで止めようとしてきた。

俺が食べるならまだしも、エマちゃんに食べさせるのは怖いのだろう。

「大丈夫だよ。ね、シャーロットさん？」

「はい、慣れておられないので少々形は崩れてしまいましたが、味のほうはおいしいと思いますよ」

シャーロットさんは味見をしながら料理を作っている。

当然、華凜が作ったものも味見はしているだろう。

何より、シャーロットさんが教えた手順通りで作っていて、おいしくないはずがないのだ。

『んっ、おいしい……！』

華凜が作った料理を口に入れるなり、エマちゃんはかわいらしい笑みを浮かべた。

おいしくなかったら容赦《ようしゃ》なくおいしくないと言う子なので、本当においしかったのだろう。

「おいしいってさ、よかったね」

「そ、そっか……よかった……」

華凜は、安堵《あんど》したようにホッと息を吐き、豊満な胸を撫《な》でおろす。

その際の揺れに気を取られそうになるものの、なんだかシャーロットさんが俺に視線を向けてきた気がし、即座に視線は逸《そ》らしておいた。

『エマちゃん、他には何食べる？』

『んっ、あっち……！』

それからも、エマちゃんは見た目の悪いものばかりを選び続けた。

シャーロットさんの料理は普段食べられるので、華凜の料理をあえて選んでいるのだろう。

そしてどれもおいしかったようで、食べ終わると満足そうに俺に抱き着いてきたのだった。

――もちろん、その後は俺も食べてみたけれど、華凜が作ったものはどれもとてもおいしかった。

◆

「エマちゃん、眠たそうだね……？」

食器の後片付けを終えた華凜は、俺の膝の上でウトウトしているエマちゃんに、興味深そうに近づいてきた。

『………』

「この子は、食べるとすぐ眠たくなっちゃうんだ」

「そうなんだ……。でも、すぐ寝ると体に悪いよ……？」

「そうだね……。だけど、寝ることも幼い子は大切だからさ。とりあえず最近は、食後三十分くらいは空《あ》けてから、寝させてるんだ」

俺とシャーロットさんはどうしても甘やかしてしまうけれど、結局はそこをちゃんとしないと、エマちゃんが苦しむことになる。

だから健康を優先して、すぐには寝させないのだけど――そう単純な話でもなく、お昼寝も子供には大切な要素なので、ちゃんと時間を空けて寝かせることもしているのだ。

エマちゃんが通っている保育園だと、エマちゃんたちのクラスもまだお昼寝をしているようだし、それに合わせていけばいいだろう。

「子育てって、大変だね……」

「でもその分、癒《いや》してもらえるよ。子供はかわいいからね」

確かにエマちゃんを育てるのは大変な部分もある。

しかしそれ以上に、とてもかわいいのだ。

一緒にいるだけで幸せになれるのだから、こうして面倒を見るくらいなんでもない。

何より、俺にはシャーロットさんがいてくれるのだから、大した負担でもなかった。

「明人君がいてくださって、助かります」

「それは俺の台詞《せりふ》だよ」

「……二人は、将来子育てに困らないね」

シャーロットさんに笑顔を返していると、華凜が何かボソッと呟《つぶや》いたのが聞こえた。

すると、ボンッとシャーロットさんの顔が真っ赤に染まる。

華凜、いったい何を言ったんだろう？

「か、華凜ちゃん、気が早いですよ！　まだ私たち、そういうのではありませんので……！」

「ん？　でも、順調にいけば、そうだよね……？　お姉ちゃん呼びも、そうなるから……だと思った、んだけど……？」

「それは、その……！」

何やら、シャーロットさんがテンパっている。

顔を真っ赤にして慌てているところを見るに、シャーロットさんが恥ずかしい内容だったのは想像に難くない。

というか、華凜の発言でなんとなく察しはついた。

『むぅ……！　うっさい……！』

そしてシャーロットさんが大きな声を出しているものだから、眠たげなエマちゃんが怒ってしまった。

眠たい時は機嫌が悪くなるのだ、この子は。

『ごめん、エマ……』

幼女《いもうと》に叱《しか》られて、シュンとしてしまう姉。

完全に立場が逆だ。

「シャーロットさん、布団を取ってくるから、エマちゃんを見ててくれるかな？」

「あっ、私が持ってきます」

そろそろ寝かせたほうがいいと思い、シャーロットさんに渡そうとすると、シャーロットさんが部屋から出ていってしまった。

まぁ、この機嫌が悪いエマちゃんを預けるよりは、布団を彼女に任せたほうがいい。

「もう、夫婦みたい……」

俺とシャーロットさんのやりとりを見て、華凜が素直な感想を漏《も》らす。

確かに、傍目《はため》から見たら夫婦に見えるのかもしれない。

「本当に、仲いいね……？」

「シャーロットさんはいい子だからね」

「一緒に、暮らしてる……？」

以前、華凜に説明をした時は、部屋が隣同士だからよく一緒にいると伝えた。

だけど普通に見ていれば、一緒に暮らしていることに気が付いてもおかしくはない。

「親には内緒だよ？」

遠回しに肯定しながら、俺は人差し指を鼻の前に立てた。

それにより、華凜は頬《ほお》を若干《じゃっかん》赤くしながら、コクコクと頷《うなず》く。

俺たちの同棲《どうせい》について、少し想像してしまったのかもしれない。

「お兄ちゃんは、もう大人だね……」

「まだまだ子供だよ。一人の力じゃ、生きられてないからね」

今だと家事はシャーロットさんがしてくれているし、お金は姫柊財閥《ひめらぎざいばつ》が出してくれている。

俺一人だったら、とっくに野垂《のた》れ死《じ》んでいるかもしれない。

「――持ってきました」

「ありがとう、シャーロットさん」

エマちゃんがお昼寝の時などに使う、小さいお布団をシャーロットさんが持ってきてくれたので、俺はエマちゃんを布団に寝かせた。

最近はこの布団で、しっかりと寝かせているのだ。

うん、今日もスヤスヤと寝ていて、かわいらしい。

「…………」

「華凜?」

「あっ、えっと……」

何やら俺の顔をジッと見つめてきていたので声をかけたのだけど、なぜか落ち着きなく周りを見始める。

何か、言いたいことでもあるのだろうか?

「言いたいことは、遠慮《えんりょ》なく言っていいよ?」

「ほんと……?」

華凜は上目遣いで俺に聞いてきた。

「もちろんだよ、俺は華凜の兄なんだからね」

華凜が言いづらそうにしているので、言いやすい空気を作ってあげる。

そのためか、華凜は嬉しそうに口を開いた。

「そ、それじゃあ……お膝、座りたい……」

「……えっ?」

想定していた数パターンの内容とは違い、俺は思わず固まってしまった。

「え、えっと……お膝、座りたかったんだけど……だめ、なら……大丈夫……」

俺が嫌がっていると思ったのか、華凜はシュンとしながら俯《うつむ》いてしまう。

さすがにこんなふうになっている妹を、放ってはおけない。

しかし――膝の上に座らせるのは、シャーロットさんが気になってしまう。

俺はチラッとシャーロットさんの顔色を窺《うかが》う。

すると彼女もこちらを見ていたようで、バッチリと目が合ってしまった。

そして――。

「い、いいと思いますよ……？　妹さんなので、乗せてあげたらいいと思います……」

笑顔なのに、震えた声で促されてしまった。

絶対、無理して言っている。

変な汗までかいているし。

とはいえ、華凜は見ての通り気弱な少女。

今のお願いだって、精一杯でしたものだろう。

ここを断ってしまうと、二度と華凜は俺にお願いを言ってこないかもしれない。

それがシャーロットさんにもわかっているからこそ、譲《ゆず》ってくれたんだと思う。

「……華凜、いいよ。おいで」

シャーロットさんのフォローは華凜が帰ってから頑張ってすることにし、華凜のお願いを聞くことにした。

「い、いいの……？」

「兄なんだから、妹のお願いを断るわけないでしょ？」

結構悩んだことは態度に出さず、当たり前を装《よそお》って華凜の手を取る。

華凜ははにかんだように笑いながら、俺の膝に腰を下ろしてきた。

小さいからシャーロットさんよりも軽い――かと思ったのだけど、不思議なことにそう重さは変わらない気がする。

むしろ、華凜のほうが……？

華凜も細いほうなのに、女の子って不思議だ。

「これは、ちょっと緊張する……」

慣れてないことだから、華凜は言葉通り緊張した様子を見せる。

顔もほんのり赤くなっていた。

そして、横向きに華凜が座っていることで、とても柔らかいものが俺に当たっていた。

これを意識しないのは、少々無理がある。

そう華凜の胸に意識を取られていると――。

「むぅ……！」

シャーロットさんが、頬をパンパンに膨《ふく》らませて俺を見ていた。

拗《す》ねているというよりも、あれは怒っている。

どうやら完全に、俺が考えていることがバレているようだ。

……どうしよう、冷や汗が出てきた。

「お兄ちゃん、汗かいてる……。私、重たい……？」

「大丈夫だよ、これは違う汗だから」

華凜が勘違いをしてしまったので、俺は笑顔で首を左右に振る。

そう、違う意味で流れている汗なのだ。

……華凜が帰った後、許してもらえるのかな……？

「あ、あの、お兄ちゃん……その、なでなでも……」

どうやら華凜は、エマちゃんにしていたのと同じことをしてほしいようだ。

妹のおねだりを断るわけにはいかないので、俺はソッと華凜の頭に手を置く。

艶《つや》がある綺麗《きれい》な黒髪は、サラサラとしていて触り心地がいい。

貧乏だと聞いていたが、髪の手入れなどはしっかりしているようだ。

肌も綺麗だし、兄の贔屓目《ひいきめ》はあるかもしれないが、十分すぎるほどかわいい顔つきをしている。

普通にしていれば、華凜はモテていただろう。

「…………」

華凜に気を取られていると、シャーロットさんが無言で圧をかけてきていた。

……いや、本人としては、多分圧をかけている自覚はないと思う。

ただ、ジィーッと見つめてきているので、無自覚な圧を感じるだけだ。

優しい子は言いたいことを言えないので、時に不憫《ふびん》だな……と思ってしまった。

「これ、好き……」

そして華凜は華凜で、シャーロットさんの様子には気付かず、スリスリと頬を俺の胸に擦り始めた。

膝に座りながら、頭を撫《な》でられるのが気に入ったらしい。

……なんだろう、胃が痛くなってきた。

「華凜は……よく、こういうことを父親にしてもらったりするの？」

「ううん……。お父さん、忙しくて……小さい頃から、家に帰ってくるのは遅い……。それこそ……私が寝てるくらいの時間で、いつも帰ってきてた……。朝起きたら、もう家にいないことが、ほとんどだったし……」

つまり、甘える時間はなかったのだろう。

それでも華凜が優しく育ち、父親にも懐いている様子を見せるのは、きっと僅《わず》かな空き時間で、華凜の相手をしていたんじゃないだろうか。

「でもね、最近は借金なくなったから……結構、家にいる時間も増えたんだよ……？」

「そっか……」

まぁ、逃げた友達の借金を返しきるなんてこと、そうそうできるものではない。

一応、周りからはいい大人だったのだろう。

「明人君……」

「んっ、何？」

「えっと……喉《のど》、渇《かわ》いていませんか？　飲み物用意しますよ」

シャーロットさんが立ちあがり、台所のほうへと歩きながら声をかけてくれた。

おそらく、気を遣ってくれたのだろう。

「ありがとう、貰《もら》うね。華凜はどう？」

「あっ、んっ……」

華凜はコクリと頷《うなず》いて、自分も欲しい旨《むね》をシャーロットさんに伝える。

「オレンジジュースもあるよ？」

華凜が喫茶店《きっさてん》で飲んでいたので、好きなのかもしれないと思い、一応買っておいた。

前に質問した時は咳《せ》き込ませてしまったので、答えは聞けていないけれど。

「いいの……？」

「もちろんだよ。ごめんね、シャーロットさん。華凜はオレンジにしてあげて」

「はい、明人君もオレンジにされます？」

「ううん、俺はお茶でいいよ。シャーロットさんも、好きなのを飲んだらいいからね」

「ありがとうございます」

シャーロットさんは少し考え、華凜と同じくオレンジジュースにしたようだ。

ちなみに、エマちゃんは、ジュース系だと結構好き嫌いなく飲む。

今も起きていれば、オレンジジュースを飲もうとしただろう。

その後は、ジュースを飲みながら甘えてくる華凜を甘やかし、シャーロットさんのプレッシャーに汗を沢山《たくさん》かくことになるのだった。

◆

「――それじゃあ、華凜を送ってくるね」

暗くなる前に帰るということで、これから華凜を駅まで送っていく。

エマちゃんが寝ているので、シャーロットさんには家に残ってもらうことになっていた。

「本当に、いいの……？　一人で帰れるよ……？」

「まぁ一応ね。華凜も女の子なんだし」

過保護かもしれないけれど、せめて駅までは送ってあげたい。

それに、二人きりじゃないと、華凛が話せないこともあるかもしれないし。

俺たちは、そのまま二人でマンションを出た。

「お兄ちゃんと、二人きりで歩いていると……勘違い、されるかな……？」

「あ～、そうかもしれないね。でも、多分大丈夫だよ」

学校では、あくまで俺と華凛は赤の他人だ。

シャーロットさんという彼女がいる以上、他の女子と二人きりで歩いているところを見られると、誤解が生まれる可能性もある。

だから俺は、すぐに気付かれないよう、マスクをして帽子を被《かぶ》っていた。

「そっか……。その、目のこと……ごめんね……？」

「あぁ、気にしなくていいよ。華凛が言いたくないってのもわかってるから。ただ俺は――華凛のオッドアイ、凄《すご》く綺麗だと思うよ」

「――っ」

華凛は、右の瞳が黒、左の瞳が白という、とても珍しい目をしている。

それを隠しているということは、おそらくそれが原因で、過去に嫌な目に遭《あ》っているのだろう。

白い瞳だけでなく、黒い瞳も隠しているのは、片方だけ隠すと、そこに何かあると興味を惹《ひ》かれるからかもしれない。

まぁどっちみち、両目が隠れていると興味を惹かれはするのだけど、華凜が臆病な性格をしているおかげで、自分から近寄ろうとする人間はほとんどいない。

もちろん、先生方は知っているだろう。

だけど俺は、隠す必要がないくらい、華凜の瞳は綺麗だと思っていた。

「お兄ちゃんには、わからないよ……。普通と違うってことが、どういうことかなんて……」

「わかるよ。俺だって、色々あったから」

「あっ――」

華凜は息を呑《の》んで、俺の顔を見上げる。

その際に勢いがついたせいか、風によって前髪がずれ、綺麗な瞳が顔を出した。

「ご、ごめんなさい……！」

俺の生い立ちは、ある程度華凜も知っている。

だから、すぐに謝ったのだろう。

「気にしてないから、謝らないで。俺が先に、デリケートな部分へと触れたんだしね」

「でも……私、お兄ちゃんの気も知らないで……」

「いいんだよ。言いたいことがあったら、なんでも言っていいんだ。俺は、華凜の兄なんでしょ？　遠慮《えんりょ》することは、何もないんだよ」

華凜の兄になると決めた以上、名前だけの兄でいたくはない。

ちゃんと胸を張って、華凜の兄だと言いたかった。

だから、どんなことでも相談に乗るし、ぶつけたい感情はぶつけてもらって構わない。

「なんで……？　お兄ちゃんは……なんで、そんなに優しいの……？」

華凜は綺麗な瞳を大きく揺らしながら、俺に尋ねてくる。

「妹に優しくするのなんて、当たり前でしょ？」

「そう、かな……？」

俺の答えに対して、華凜は納得がいかないように首を傾《かし》げる。

まぁ誰もが妹や弟に優しくするとは限らない、というのはさすがに俺もわかっているが。

「そうだよ。少なくとも、俺は華凜のことを大切だと思ってるから、大切な子に冷たくなんてできないでしょ？」

「そっか……」

今度は先程と違い、熱っぽい息を吐きながら、何度も首を縦に動かした。

どうやら納得してくれたらしい。

「もう駅に着いちゃったね。まだ話したいこととかあったら、チャットアプリや電話をしてくれたらいいから」

「んっ……ありがと」

華凜は嬉しそうに笑ってお礼を言った後、駅へ入っていこうとする。

しかし、足を突然止めてしまった。

「どうしたの？」

何か言い残したことでもあるんじゃないか。

そう思った俺は、華凛の背中へ声をかける。

それによって振り返った華凛は――前髪を手で分け、真剣な表情で俺の顔を見つめてきた。

わざわざ目を出したのは、俺には見せてもいいと思ってくれたのかもしれない。

もしくは、俺を傷つけたと思って、罪滅ぼしかもしれないが。

「わ、私……その……やっぱり、お兄ちゃんと一緒にいたい……。い、一緒に、暮らしてほしい……。お、お父さんたちと、一緒に……がだめなら、私が、お兄ちゃんの家に……」

「華凛」

華凛が言いたいことがわかった俺は、優しい笑顔と声を意識して名前を呼んだ。

そして――。

「それは駄目だよ」

仕方がないことなんだ、とわかるように、ゆっくりと首を左右に振った。

「お兄ちゃん……」

「華凛の気持ちは嬉しいし、俺は自分のことを棚《たな》に上げて言うことになるんだけど……俺たちは、保護者のお金で生活をさせてもらってるんだ。勝手なことはできないよ」

妹のお願いをなんでも聞いてあげたいところではあるけれど、現実的に無理なことは叶えてあげられない。

一応、可能性がないわけではないと思う。

華凜の親は俺に負い目を感じているようだから、俺と華凜がお願いをすれば、一緒に住まわせてくれるかもしれない。

生活費のほうも、借金がなくなった今なら、華凜の分は出してくれるだろう。

だけど、あの家に華凜を住まわせるということは、姫柊の問題に巻き込む可能性がある。

それはなんとしても避けたかった。

「それに、華凜は親のことも好きなんでしょ?」

「う、うん……」

「だったら、親と離れる必要はないよ。俺とは学校で会えるんだし、華凜が呼ぶなら、いつでも君のところに行ってあげる。それで我慢してほしい」

「…………」

華凜は黙り込んで、俯いてしまう。

俺は周りを見回し、誰もいないことを確認して、ゆっくりと華凜に近づいた。

「俺には、やらないといけないことがあるんだ。だから一緒に暮らすことはできないけど――それが終わったら、泊まりにきたりするのはいいよ」

俺は華凜の体を抱き寄せ、優しく頭を撫《な》でる。

本当は一瞬、やるべきことが終わったり、俺が働くようになれば、一緒に暮らすことを約束してもいいかと考えた。

だけど今は、シャーロットさんたちのこともあるし、華凜を親から引き離すのも躊躇《ため》らわれたので、誤魔化《ごまか》してしまったのだ。

「約束、だよ……？」

華凜は、いつものように《いいの？》とは聞かなかった。

それだけ華凜としては、大切なことなのかもしれない。

「うん、約束だね。それじゃあ電車の時間もあるから、もう行きなよ」

電車が来るのは三十分に一回なので、ここを逃すと三十分待たないといけなくなる。

だから、優しく華凜の背中を押した。

その後華凜は何度も俺のほうを振り返ったので、俺は彼女の背中が見えなくなるまで、手を振って見送ったのだった。

そして、家に帰ると――

「――にゃ、にゃあ？」

なぜか、ハロウィンの時に着ていた猫のコスプレをしているシャーロットさんが、玄関で待ち構えていた。

いや、うん……。

嫉妬《しっと》、させすぎたか……。

「えっと……」

予想外すぎる展開に、俺はどうするべきかを考える。

そして――。

「おいで」

おとなしく、このまま受け入れることにした。

「おじゃまします……」

シャーロットさんはもう猫の真似《まね》はやめたようで、嬉しそうに俺の膝へと座ってくる。

肌面積が多いので、少々目のやり場に困ってしまうのだが……。

「よしよし」

「んっ……」

いつも通り頭を撫でてあげると、くすぐったそうにシャーロットさんは身をよじった。

口から漏《も》れる息も熱っぽく……色っぽいせいで、誘惑されているんじゃないかと錯覚《さっかく》してしまいそうだ。

というか、さすがにこの格好で甘えてきているんだから、いたずらされても文句は言えないような……？

そう思うものの、シャーロットさんが猫のコスプレをしてまで甘えてきているのは、嫉妬が原因だとわかってしまっているため、下手《へた》なことはできない。

何より、幸せそうに甘えてきている彼女の邪魔は、したくなかった。

そうして、頬《ほお》を擦りつけてくるシャーロットさんが満足するまで、甘やかした後――。

「明人君、東雲さんのお胸ばかり見ていましたね？」

凄《すご》く直球で不満をぶつけられてしまった。

相変わらず膝の上にいるので、顔の距離も近く、拗《す》ね顔の彼女からの責める目が痛い。

「ばかりというほど、見てはなかったと思うんだけど……？」

「数秒に一回のペースで、見ていたと思います」

「華凜の顔を見ているのを、勘違いしたというのは……？」

「華凜ちゃんのお顔を見た後、チラッとお胸に視線が行っていました」

本当にそうなのだろうか……？

シャーロットさんの目が気になっていたので、一応華凜の胸に目が行かないよう意識していたんだけど……？

「私のは、全然見てくださらないのに……」

「えっ……？」

シャーロットさんが不満そうにボソッと何かを呟《つぶや》いたのだけど、小さすぎて聞き取れなかった。

おそらくわざと聞こえないようにしたのだろうけど、さすがにタイミング的に気になってしまう。

「なんて言ったの？」

「明人君は、大きいほうがお好きなのですね」

「――っ!?　ち、違うよ……！　大きさとか、気にしないし……！」

「嘘です、男の子は大きいのが大好きって、本に描いてありました」

「いったいどんな本を読んでるわけ!?」

大きさの好みなんて、人それぞれだ。

そして俺は、別に大きさなんて気にしない。

というか、シャーロットさんも同世代からすると、普通に大きいほうだと思う。

ただ、華凜が異常に大きいだけの話で。

「いろいろな本に、描かれています」

「う、う～ん……？　好みは、人それぞれだからね……？」

「確かに、小さいのがお好きな方もいらっしゃるようではありますが……」

これも、本でつけた知識なのだろうか……？

そういえば時々、専門店から通販の品が届いているようだけど……。

シャーロットさんが意外とえっち系の知識も豊富なのは、そういうことなのかもしれない。

「とりあえず、俺は胸の大きさで人を判断したりなんかしないから、気にしないでよくないかな?」

「………」

シャーロットさんは、ジィーッと俺の目を見つめてくる。

完全に疑っている目なので、よほど華凜の胸の件を根に持っているようだ。

「見たいなら、私を見たらいいんです……」

「――っ!?」

「明人君には、私がいますので……見るなら、私にしてください……。他の子を見るのは、やです……」

そう言って、シャーロットさんは拗ねたまま、顔を俺の胸に押し付けてくる。

彼女として、彼氏が他の子に目移りするのは嫌なんだろう。

このコスプレ衣装も、俺の気を惹《ひ》こうと頑張っているわけだし……相変わらず、いじらしい子だ。

……とはいえ、まさかここまで大胆《だいたん》なことを言ってくるとは思わなかったが……よく考えたら、この子は時々大胆なことをする子だった。

「ごめんね、不安にさせちゃったのかな?」

「不安、ではないですけど……」

ということは、単純に嫉妬で嫌なようだ。

「俺はシャーロットさんが一番好きだし、他の子に目移りはしないよ。なるべく、誤解させないように気を付けるね」

嫉妬するシャーロットさんはかわいいけれど、それで彼女を苦しませるのは嫌だ。

嫉妬させた場合は甘やかす、という約束で手を打ってはいるが、させないに越したことはない。

少なくとも、誤解で――というのは、避けないといけないだろう。

「……明人君は、どんなコスプレが好きですか……？」

「どうしたの、急に？」

「私も、明人君がよそ見しない努力をしないといけませんので……。お好みのコスプレがあれば、しますよ……？」

そう言って、シャーロットさんは上目遣いに俺の顔を見つめてくる。

そもそも格好が格好なので、目のやり場に困るというのに……こんな表情をされたら、押し倒したくなってしまう。

「そういう着飾りがなくても、シャーロットさんは凄く魅力的だよ。それにコスプレって、多分着てる本人が楽しんでやるものだよね？　だから、シャーロットさんがしたいコスプレをしたらいいと思うよ。なんでも似合うと思うしね」

俺好みに染まろうとしてくれる気持ちは嬉しいけれど、俺が好きになったのはありのままのシャーロットさんだ。

わざわざ好みを合わせてもらう必要はない。

そして、彼女が楽しんでやることなら喜んで見守るし、彼女がしたいことは全力で応援してあげたい。

「それでは……アニメキャラとかでもいいのでしょうか……?」

「もちろんだよ」

むしろ、今の肌面積豊富な猫のコスプレよりは、目のやり場があって困らないと思うし。

ほんと、現在理性を保っている自分のことを、偉いと思うくらいだ。

「そうですか……では、また考えてみようと思います……」

どうやら、納得してくれたらしい。

シャーロットさんは前からコスプレが好きと言っていたし、アニメや漫画だけでなく、同人文化も好きなのなら、日本最大級の同人イベントに連れていってあげたら喜びそうだ。

ちょうど、来月に行われるようだし。

遅くとも、それまでには姫柊財閥《ざいばつ》の問題を解決しよう——と、俺は心に誓った。

——その後は、シャーロットさんの気持ちが落ち着いたのもあり、少しいたずらをしながら甘やかすという、楽しい時間を過ごすのだった。

なお、エマちゃんが昼寝をしすぎてしまったせいで、夜になかなか寝付かないという、困ることにもなったのだが。

第四章

「新たな火種と覚悟を決める時」

翌日の月曜日――なんだか、いつもと周りの様子が違った。

というのも――。

「なぁ、あの二人って……」

「やっぱり、間違いねぇよ……」

やけに、すれ違う人たちに見られているのだ。

元々、シャーロットさんが人目を集める容姿というのはあるが、通学の際はいつも通る道なので、最近はこの辺の人も慣れてあまり見られることもなくなっていた。

それなのに、今日はすれ違う他校の生徒や大人などから、異様に見られている節がある。

何より、シャーロットさんが浮かない表情をずっとしていた。

「シャーロットさん、何かわかった？」

「いえ……。ただ、私や明人《あきひと》君のことを、知っているような感じです……」

彼女は耳が異常にいいので、すれ違う人たちが何を言っているのか聞き取ってくれていた。

決定的な言葉は交わされていないようだが、やはり俺やシャーロットさんに注目をしているらしい。

球技大会のこと――であれば、影響するのは俺たちの学校の生徒だけだ。

他校などに知られるはずがない。

となれば、姫柊《ひめらぎ》財閥が何か仕掛けてきたのか……？

一応、高校の間は自由にさせるとか、今彼女がいることは不問に付すなどと言っていたが――それを信用できる相手ではない。

警戒はしておかないと駄目そうだ。

「シャーロットさん、俺から離れないようにね？」

「はい……」

シャーロットさんは抱き着いてきている腕に、ギュッと力を込める。

状況がわからないし、周りから見られるのが怖いのだろう。

エマちゃんは、俺の胸に顔を押し付けて甘えてきているので、顔を見られる心配はない。

そうしてエマちゃんを保育園に送り届けて、学校に向かうと――。

「――シャーロットさん、青柳《あおやぎ》君、大丈夫だった……!?」

清水《しみず》さんが、血相を変えて飛んできた。

やはり、何か起きているらしい。

「なぜか、道中いろんな方に見られていましたが……何かされた、ということはないです」

「いったい何が起きてるの？　その心配の仕方、普通じゃないよね？」

「ごめん、私もさっき知ったんだけど――」

清水さんは、簡潔に今起きていることを教えてくれた。

どうやら、球技大会の様子をコッソリ撮っていた生徒がいたらしく、俺や彰《あきら》の戦い、そしてシャーロットさんが俺に抱き着いているところなどの動画が、有名な動画サイトにアップされていたらしい。

投稿主は数万人のチャンネル登録者がいる、インフルエンサーとのこと。

しかし彼女は、普段サッカー動画など挙げておらず、日常系の動画を挙げている人だったため、最初はシャーロットさんのかわいさで拡散されていったようだ。

その後、サッカー好きの目に留まり、彰が相手だったこともあって、俺が特定されてしまったらしい。

そして悪い噂《うわさ》などをコメント欄《らん》に書かれたことで、事情を知らずとも叩きたい連中が関与してきてしまい、当初の数倍規模で拡散されているとのこと。

元動画は既に削除されているものの、動画の転載などもあって、収拾《しゅうしゅう》はつかないようだ。

「誰もが、気軽に動画投稿できるようになった時代――ならではの問題だな……」

「そんな呑気《のんき》なこと言ってる場合じゃないよ……！　土日のうちに、凄《すご》い拡散されているんだから……！」

　確かに普通の広がり方ではない。

　この動画が原因ですれ違う人が俺たちを見ていたのなら、かなりの範囲に広がってしまっている。

　むしろ、この手の情報を清水さんが先程入手したというのが、珍しいくらいだ。

　まぁ理玖《りく》が昨日まで清水さんの家にいたようだし、それで彼女もネットなどを見ていなかったのかもしれないが。

「俺はともかく、シャーロットさんのことが心配だな……」

　シャーロットさんは、彼氏の贔屓目《ひいきめ》なしにとてもかわいい。

　本人にその気さえあれば、トップアイドルになることだって夢じゃないだろう。

　つまり、動画によって容姿に目を付けた変な連中が、彼女のもとに来る可能性が考えられるのだ。

「私はむしろ、青柳君のほうが心配だけど……。悪人なのに、こんなかわいい彼女がいるなんて許せないとか、もっと物騒なことが沢山《たくさん》書かれてるし……」

「そんな度胸はない――で済ませられないよな……」

　これは、この学校でシャーロットさんと付き合っていることが広まった時とは、訳が違う。

　物騒なコメントをしている連中の中には、本気で俺に危害を加えようと考えている人間がいても、おかしくないのだ。

「あ、明人君、どうしたらいいのでしょうか……?」

「それは――」

「――こういう時、子供だけで答えを出そうとするな」

背後から突然声が聞こえ、俺は驚いて後ろを振り返る。

「み、美優《みゆ》先生……」

「これは、子供だけで対処していい問題じゃない。青柳、シャーロット、ついてこい」

俺たちは、神妙な面持《おもも》ちの美優先生に連れられ、廊下《ろうか》に出る。

そして少し離れた、人気《ひとけ》のない場所に行くと――。

「…………」

涙目で暗い表情をした、女子生徒がいた。

見たことはある気がする。

確か一年生で、俺と華凜が付き合っているのか、聞いてきたことがある子だ。

「彼女は?」

「今回の動画投稿をした生徒だ。拡散されている状況を見てやばいと思ったらしく、先程私に相談をしてきた」

見つけるにしても早いと思ったが、本人からの自供があったのか。

自分の担任ではなく美優先生に相談したのは、それだけこの一年生が、美優先生を信頼しているということなのだろう。

「そ、その、悪気はなくて……！　ただ、素敵な動画が撮れたから、みんなに見てほしくて、動画を投稿しただけなんです……！」

「そうじゃないだろ。まず謝るべきだ」

事情を説明しようとした女の子に対し、美優先生はきつい目を向ける。

だいぶ怒っているな……。

「ご、ごめんなさい……」

「君、名前は？」

怯《おび》えている女の子に対し、俺は優しい声と笑顔を意識して、尋ねる。

それによってシャーロットさんが、頭が痛そうに額を手で押さえたんだが、別に悪いことはしていないと思うんだけど……？

「えっと……二階堂《にかいどう》、姫花《ひめか》です……」

「二階堂さんだね。多分知ってくれていたと思うけど、二年生の青柳明人です」

まずは簡単に自己紹介をしておく。

話したことはあったけれど、名乗ったことはなかったからだ。

「君は普段から、動画投稿をよくしているのかな？」

「えっ……？　は、はい……」

二階堂さんは戸惑いつつも、小さく頷《うなず》いた。

俺が振った話題が予想外だったのだろう。

「だったら、人の顔が映ったものを投稿する時は、次からちゃんと相手に確認をしてね。肖像権とかあるからさ」

「次からって……それだけ、ですか……？」

「今回のことは、とやかく言ってもどうにもならないからね。自分から先生に言うことは勇気がいっただろうに、それをできた君は凄いよ。だから、勝手に動画をあげたことを反省して、今後同じことをしなければいいと思ってるんだ。大事《おおごと》になってるのは、俺のせいだしね」

動画は確認していないが、彼女は言葉にしている通り、悪気なくアップしてしまったのだろう。

今の時代、バイトテロなんていう悪い動画でも普通にアップしてしまう子がいるのだから、彼女が投稿してしまったのも仕方がない。

反省している以上は、責める気にはなれなかった。

「相変わらず甘いな、青柳……」

「彼女を責めてこの事態が収拾するなら、責めるかもしれませんが、いくら責めたところでどうにもなりませんからね。だよね、シャーロットさん」

「そうですね、起きてしまったことは仕方がありません。次からはこのようなことがないように、お気を付けください。それが、あなた自身を守ることにもなりますので」

シャーロットさんに話を振ると、彼女も優しい笑顔で諭《さと》してくれた。

彼女が言ったように、自分の身を守るためにもこういったことをしては駄目だ。

このような他人の権利を侵害する動画を気安く投稿してしまうと、相手側から訴えられるリスクが出てくる。

だから、ルールは守られねばならないのだ。

ルールを守ることが、自分を守ることに繋《つな》がるのだから。

「あ、青柳先輩、ベネット先輩……ありがとうございます……！」

二階堂さんは目に浮かべていた涙を流し、深く頭を下げてきた。

この涙が演技ではなく、心から反省してくれている証《あかし》だと思いたい。

「ということだ、二階堂。相手が青柳たちだったからこの程度で済ませられたが、普通だったら訴えられていてもおかしくない。それを肝《きも》に銘《めい》じて、これからの活動は注意しろ」

「はい……。ご迷惑おかけして、申し訳ございません……」

「脅《おど》すわけではないが、今回の件はかなり大事になっていると思っていい。もしかしたら、何か協力を頼むかもしれないが、その時は力を貸してくれ」

「は、はい、もちろんです……！」

彼女は一生懸命頷いた後、美優先生に促されて教室に帰っていった。

美優先生がどこまで見据えているかはわからないが、数万人のファンを持つインフルエンサーなら、確かに力になってもらう時がくるかもしれないな。

「彼女の処分、どうなりますか?」

俺は遠ざかる二階堂さんの背中を見つめながら、気になっていることを美優先生に尋ねる。

「本来なら謹慎《きんしん》だろうが、今回は自分から言ってきたのと、お前たちが許したこともあり、厳重注意で済ませてもらおうと思っている」

「そうしてあげてください。彼女には悪気がなかったんですから」

「悪気がなければ、何をやってもいい――というわけでもないがな……」

美優先生は頭を痛そうにしながら、俺の顔を見つめてくる。

「正直これからのことは対策を練《ね》る時間も必要だが、一つ現時点で決めていることがある。青柳、シャーロットの安全を考えて、登下校の際は私が車で送り迎えをする」

「そこまでして頂く必要、ありますかね……?」

「万が一でも、お前たち生徒に危害が及ぶことがあってはならないんだ。物騒な書き込みをしている奴らの何パーセントが本気かはわからないが、念のため警察にも連絡を入れている」

先生としては、最悪の事態を想定しながら動かないといけないのだろう。

学校側が要請したとして、警察がすぐ動いてくれるとは思えないが、何か対策をしてもらえるなら有難い。

「それじゃあ……ご迷惑をかけますが、よろしくお願いします」

俺だけならまだしも、シャーロットさんを危険に巻き込みたくはない。

ここは美優先生に甘えて、少しでも安全を確保するほうが優先だ。

ただ、危険以外にも一つ気になることがあり――。

「こうなってくると、さすがに特別推薦《すいせん》に影響しますかね……?」

騒動は学校側をも巻き込んでしまっている。

美優先生はいい人だから俺たちのことを第一に考えてくれているが、面倒事に巻き込まれたと思っている教師もいるだろう。

そういう人たちからは、評価が下がっていると思ったほうがいい。

しかし――。

「青柳は、何一つ悪いことをしていないんだ。だから今回の件で、推薦に関して他の教員に口出しはさせない」

どうやら、美優先生が守ってくれるらしい。

本当に、頼りになって優しい先生だ。

「ありがとうございます」

俺は安堵《あんど》しながらお礼を伝える。

すると、シャーロットさんが何か言いたそうにソワソワしていた。

「どうしたの？」

「その……明人君は、特別推薦を狙っているのですか……？　この学校にある、というのは聞いたことあるのですが……」

「青柳、お前……まだ話してなかったのか？」

呆《あき》れたような、責めるような目を美優先生が向けてくる。

いや、言いたいことはわかるのだけど……。

「タイミングがなかったので……」

「嘘つけ、話す気がなかったんだろうが」

まぁ不要な心配をかけたくなかったから、話さなかったというのはある。

だけど、さすがに本人が気にした以上は、話さないといけないだろう。

「姫柊財閥《ざいばつ》の一員になるための、条件なんだ。ある大学の、特別推薦を得ることがね」

俺は嘘偽りなく、事実を彼女に伝える。

「だから、青柳姓のままだったのですね……」

おそらく、前から気になっていたのだろう。

養子に入っていれば、里親と同じ苗字《みようじ》になるのが一般的だ。

しかし俺の苗字は、昔から変わっていない。

それが意味することは簡単だ。

「姫柊財閥の一員として、まだ認められてないからね」

俺がそう言うと、シャーロットさんは悲しそうに目を伏せる。

そして、ギュッと俺の服の袖《そで》を摘《つ》まんできた。

優しい子だから、俺に同情してくれているのだろう。

「そういえば、シャーロットのこと、姫柊の家には話したのか？」

「ええ、まぁ……」

話したというか、既に知っていたというか……。

「……まじめなお前は、選択に苦しむこともあるんだろうな。必要ならちゃんと相談にこい」

俺が言葉を濁《にご》したことをどう捉えたのか、美優先生が優しい笑顔を向けてくれた。

身近にいる大人の中で、この人が一番信頼できる。

「むぅ……私も、いますからね……？」

美優先生の顔を見つめていると、シャーロットさんがクイクイッと服を引っ張ってきた。

見れば頬《ほお》が膨《ふく》らんでいる。

どうやら焼きもちを焼いているようだ。

「もちろん、相談できることはちゃんと、シャーロットさんに相談するよ」

嘘にならない範囲で誤魔化《ごまか》しながら、俺は美優先生に視線を戻す。

「美優先生、いろいろありがとうございます。それじゃあ、そろそろショートホームルームの時間ですし、教室に戻りましょう」

そうして俺は、美優先生に背を向けた。

しかし――。

「なぁ、青柳。花音《かのん》と、ちゃんと話をしてこい。あいつはお前に怒っていないし、変わらずお前の味方だ」

「……は？」

美優先生が、思いもしないことを言ってきた。

一瞬、美優先生の言葉が理解できず、俺は半ば反射的に美優先生のほうを振り返る。

今、花音――と言ったのか……？

「どうして……花音さんのことを、知っているんですか……？」

「いずれ、時が来たら話すさ。今話せるのは、それだけだ」

いったい、いつから知り合いだったのだろう？

今まで美優先生がそれを匂《にお》わせたことは、一度もない。

最近になって接触したのか？

だとしても、それを隠す意味はなんだ？

いたずらに、俺を悩ませるような人ではない――とはわかっているが、やはり答えが見えない以上は、考えないようにはできない。

「私が言いたいことは、さっき言った通りだ。後はお前次第だがな」

美優先生はそれだけ言うと、先に歩いていってしまった。

「明人君、花音さんとは……？」

「姫柊財閥の……ご令嬢だよ。俺の義姉にあたる人……なのかな？」

「えっ!?　それって……」

シャーロットさんは信じられないものを見るような目で、美優先生の背中を見る。

俺と同じ疑問を抱いているだろう。

美優先生がどうして花音さんと繋がっているのか、という疑問はあるが――彼女が言いたかったのは、花音さんと話せということのようだ。

俺が怪しむことをわかっていても言ってきたのは、それだけ大事《だいじ》なことだった、と信じるしかない。

「大丈夫だよ、美優先生を信じよう」

そう言って、安心させるようにシャーロットさんの頭を撫《な》でてから、彼女と一緒に教室へと戻るのだった。

◆

授業中——俺はこれからのことに思考を巡らせていた。
姫柊財閥の問題だってあるのに、動画の件や炎上問題も無視できない。
いや……動画の件や炎上問題も、元《もと》を正せば姫柊財閥の問題が原因か。
一応、手がないというわけではない。
姫柊財閥を完全に敵に回すことにはなるが、状況を好転させる手はあるのだ。
しかしそれは、お世話になっているところへの弓を引く行為。
おいそれとできることではない。
ただ——。
「……あっ」
チラッとシャーロットさんを見ると、バッチリと目が合った。
それが嬉しかったのか、笑顔で小さく手を振ってくれる。
あの笑顔だけは、何をしてでも守らなければならないだろう。
——そう、たとえ、姫柊財閥と敵対することになろうとも。

それから授業が終わるのを待ち、俺は一人になって、あるところに電話をかけたのだった。

◆

「――あっ、明人先輩……！」

昼休み、一年生の教室がある廊下《ろうか》に行くと、俺たちに気が付いた香坂《こうさか》さんが駆け寄ってきた。

「廊下は走らないようにね」

「そんな呑気《のんき》なこと、言ってる場合ですか……！」

なんだろう、デジャヴ感がある返しだな。

「慌てたって仕方ないよ。それよりも、食堂に行こっか」

俺たちが一年生の教室がある廊下に寄った理由は、今日から香坂さんも一緒に食べることになっていたからだ。

そのため、彼女の手にはお弁当箱が握られている。

まぁ俺も、今日はお弁当なのだけど。

「どうしてこの人は、自分のことになるとこんなに呑気なんですかね……？」

「昔からだろ、何を今更言ってるんだ？」

納得いかない様子の香坂さんに対し、彰が呆れたように首を傾《かし》げる。

それが癇《かん》に障《さわ》ったのだろう。

香坂さんは一瞬目つきを鋭くした後、おどけた表情で口を開いた。

「あれ、西園寺《さいおんじ》先輩、いらっしゃったんですね？」

「最初っからな……！　言っておくけど、俺が先に明人と食べていたんだからな……!?」

香坂さんと彰の誤解は解けたはずなのだけど、相変わらずこの二人は相性が悪いようだ。

まじめな香坂さんと、おちゃらけている彰だと、それも仕方がないのかもしれないが。

「はいはい、喧嘩《けんか》しない喧嘩しない」

俺は中学時代の頃を思い出しながら、二人の間に入る。

昔はよくこうして、俺が仲裁役《ちゆうさい》をしていたものだ。

「いつも青柳君だけ、私たちより年上に見える……」

「か、華凜《かりん》ちゃん、それは明人君には地雷なので……！」

何やらシャーロットさんと華凜はコソコソと話しているが、あの二人の距離感も縮んでいるようなのでよかった。

休日に遊んだのが功を奏したのだろう。

「あっ、そういえば……」

香坂さんは何かに気が付いたように、シャーロットさんと華凜の前に行く。

それによってビクッと怯《おび》えた華凜が、ビュンッと俺の背中に回り込んで隠れてしまった。

「………………」

言葉をかける前に逃げられたことで、香坂さんがシュンと落ち込んでしまう。

なんというか、どっちも不憫《ふびん》だ。

「楓《かえで》ちゃん、華凜ちゃんはあまり話すのが慣れていませんので、近付く際は驚かせないようにゆっくりと近付いてください」

うん、シャーロットさん。

華凜は小動物か何かなのかな？

そうツッコミを入れたくなるけれど、彼女が言っていることは間違っていないので、ツッコミもしづらい。

というか華凜、誤解されるから学校では、俺の後ろに隠れてほしくないんだけど……。

「東雲《しののめ》さん、こういう時はシャーロットさんの背中に隠れよっか？」

「明人、それも違うと思うぞ……？」

背中に隠れる華凜に優しく言うと、彰が苦笑いしながら話に入ってきた。

「そうか？」

「それじゃあ、東雲さんが他人と話せないままになるだろ。明人は過保護すぎるんだ」

「いや、まぁ……」

自覚がないと言えば、嘘になる。

ただ、こうも頼られた動きをされると、守ってあげたくなるのだ。

「ゆっくりと、慣れていったらいいんじゃないかな？　そのために、彰や香坂さんを呼んでるんだし」

元々シャーロットさんが優しいので、華凜はシャーロットさんに対しては仲良くしたそうにしていた。

その上、昨日一緒に遊んだり料理をしたおかげか、シャーロットさんには大分慣れたようなので、次は彰と香坂さんを練習相手に考えている。

「いやいや、俺は元からいただろ!?　てか、それなら余計あいつはいらないんじゃ!?」

彰はツッコミを入れてきながら、香坂さんを指さす。

「声が大きいって。それと、香坂さんもいい子だぞ？　昔からよく言ってたけどさ」

「お前にだけはな……！」

よほど香坂さんのことが気に入らないらしい。

彰も一応優しい人間なので、これはもう相性の悪さという他ないだろう。

「あ、あの、東雲先輩……」

そうしていると、香坂さんが恐る恐る華凜に近付いてきた。

驚かさないよう、気を付けているようだ。

「な、何……？」

華凜は俺の背中から半分顔を出す感じで、香坂さんを見る。

「その、初めまして、香坂楓です。これから、よろしくお願い致します」

どうやら、これから毎日昼食を一緒にする仲として、自己紹介がしたかったようだ。

華凜が俺の妹ということは知らないので、やはり香坂さん自身が礼儀《れいぎ》正しい子なのだろう。

「あっ、えっと……東雲、華凜です……。よろしく……」

うんうん、ちゃんと自分で自己紹介できて、偉い。

なんて言うと、また過保護だとか言われそうだな。

「そろそろ、食堂に行こっか」

「そうですね、あまり遅いと席がなくなってしまうかもしれませんし。と言いますか……」

香坂さんはチラッと、彰を見る。

「食堂に行く必要があるのは、一名だけなんですが……」

今日は俺も弁当ということで、食堂で注文するのは彰だけだ。

香坂さんが何を言いたいのかはわかるけど……。

「こらこら、そう除《の》け者《もの》にしようとしない」

「冗談です、さすがにそこまで捻《ひね》くれていませんよ」

注意すると、かわいらしく小首を傾げて誤魔化《ごまか》された。

まぁいじめとかは嫌いな子だから、言葉にしている通り冗談なのだろうけど。

ただ、人付き合いは相変わらず、下手《へた》そうだ。

今回香坂さんが一緒なのは、何も華凛の話し相手として呼んだだけではない。

シャーロットさんが、香坂さんは一年生の中で孤立しているのではないか、と懸念《けねん》していたから、呼んだというのもあるのだ。

中学時代の彼女を知っているので、相手に慣れるまで不愛想というのはわかっている。

そのため、シャーロットさんが言っていることが考えすぎだとは思えず、シャーロットさん経由で香坂さんを誘っていた。

そして彼女は凄《すご》く喜んでいたそうなので、本当に孤立しているのかもしれない。

だから香坂さんが一年生の中で友達を作れるまで、俺たちのグループに入れておこうという考えなのだ。

「そういえば、あの人はいないんですね？」

食堂を目指して歩く中、香坂さんが不思議そうにキョロキョロとしながら聞いてきた。

「あの人？」

「ほら、シャーロット先輩にいつも付きまとってる、ギャルの先輩です」

あぁ、清水さんのことか。

「清水さんとは、お昼は別々なんです。その……彼女は、お友達が多いので」

清水さんがこっちに来るとなると、桐山《きりやま》さんや荒澤《あらさわ》さんをはじめとした、多くの女子たちが来る可能性が高い。

なんせ彼女たちも、シャーロットさんと一緒に食べたいのだから。

それを止めてくれているのが清水さんなので、彼女がこっちに合流するわけにはいかないのだ。

まぁおかげで、今日香坂さんも一緒に食べると知った際には、《あ～あ、いいなぁ。私だけ仲間外れか～。ふ～ん？》と、俺が嫌みふうに言われたのだが。

ちなみに、俺が一人になる際を狙ってわざわざ言いに来たので、シャーロットさんはそのことを知らない。

まったく、彼女もいい性格をしているよ、本当。

「友達が多い、ですか～。さすがギャルさんですね～」

地雷だったのか、香坂さんの瞳からは光が消え、どこを見つめているのかわからない目で笑い始めた。

うん、怖い。

「やっぱ、友達いねぇのかな？」

香坂さんの様子を見て、彰が耳打ちをしてくる。

「多分な。じゃないと、友達が多いってことに対して、あんなふうにならないだろうから」

「でも、モテそうだよな？　性格はともかく背は低いし、顔もかわいいだろ？」

チラッと、香坂さんの顔を見てみる。

確かに顔は整っているし、実際中学の頃もサッカー部のメンバーから人気があった。

ただ――彼女はビシッと正論を言うし、慣れるまで不愛想だから、性格面で馴染《なじ》めないんだろう。

「小動物と一緒で、懐くまでは威嚇《いかく》してきて、懐いたらかわいいって感じだと思うから、壁が高いんだろうなぁ」

俺はそう答えてから、後悔《こうかい》する。

というのも、シャーロットさんにまた誤解させる言葉を言ってしまったからだ。

一応小さな声で話しているけれど、あの子の耳はこれくらいなら聞き取ってしまうだろう。

そう思ってシャーロットさんを見ると、彼女がテテテッと近付いてきた。

「安心してください。明人君にとって楓ちゃんがと～てもかわいいというのは、既にわかっていますので」

そう笑顔でフォローをしてくるシャーロットさん。

さて、何を安心するのだろうか？

思いっきり根に持っているように聞こえるのは、俺だけか？

今日は動画の件があったせいか、それとも美優先生の件を引きずっているのかはわからないが、シャーロットさんがピリピリしている気がする。

「一人の女の子じゃなく、後輩としてだから、誤解しないようにね……？」

俺はシャーロットさんにしか聞こえないよう耳元に口を近付け、そう説明をした。

その際に、くすぐったそうにシャーロットさんが身をよじってしまう。

顔を赤くしてビクンッとするものだから、何を勘違いしたのか、香坂さんが顔を赤くしてジト目を向けてきた。

「明人先輩って、そういう人だったんですね……」

「誤解でしかない」

悪循環に、俺は頭が痛くなってきた。

いや、誰一人悪気がないというのは、わかっているのだけど……。

「お前はお前で、大変なんだな……」

何やら彰だけは苦労をわかってくれたようで、ポンッと背中を叩いてきた。

ほんと、こういう時は男友達が有難いよ。

◆

「――もしやとは思いましたが、愛妻弁当でしたか」

食堂でそう発したのは、俺とシャーロットさんの弁当の中身を見た、香坂さんだった。

ニマニマとして、楽しそうに俺とシャーロットさんの顔を交互に見ている。

「へ～、愛妻弁当。へ～？　いいなぁ、ラブラブカップルは」

そして彰は彰で、若干不貞腐《じゃっかんふてくさ》れながら俺を見てきていた。

香坂さんは俺たちをからかえて嬉しいようで、彰は単純に嫉妬《しっと》をしているのだろう。

まぁ二人とも嫌な感情は感じられないため、いいのだけど。

なんせ――。

「そ、そんな大層なものじゃないですよ～」

言われているシャーロットさんが、とても嬉しそうだから。

ほんと、素直な子だと思う。

「デレデレじゃないですか。本当に明人先輩のこと、大好きなんですね」

シャーロットさんの表情を見て、香坂さんが優しい笑みを浮かべる。

心なしか、彼女も嬉しそうだ。

「明人君は、とても素敵な人なので」

「あの、シャーロットさん……。褒《ほ》めてくれるのは嬉しいんだけど、そういうのはあまり言わないでくれると……」

「惚気《のろけ》だな」

「惚気ですね」

こうして、からかわれてしまうから……。

ニマニマしている彰を、俺は細目で見つめる。

彰め、俺をからかうことで、嫉妬の仕返しをしているな……？

「仲良しは、いいことだよ……？」

思うところがあったのか、黙り込んでいた華凜が、やっと俺たちの会話に入ってきた。

「わかってるよ、誰も恥じてはないからね」

「んっ」

華凜は満足そうにコクリと頷《うなず》いて、また黙々と食べ始める。

この子もマイペースだよな……。

「…………」

「あぁ、ごめんね。やっぱり、好きにしてくれていいよ」

シャーロットさんが不安そうに見てきていたので、笑顔で返しておいた。

華凜の言う通り、仲良しはいいことに違いない。

そのことをからかわれたって、堂々としていればいいんだ。

「よろしいのですか……？」

「もちろんだよ」

俺は笑顔で頷き、彰と香坂さんに視線を向ける。

「二人は、ほどほどにな？」

ニコッと笑顔で伝えると、二人ともブンブンと一生懸命首を縦に振った。

俺が言いたいことは伝わったようだ。

その後、てきとーに雑談をしていると——。

「そういえば、明人先輩。動画主のこと、あっさり許しちゃったそうですね？」

唐突《とうとつ》に、今朝のことを香坂さんが切り出してきた。

「……どこで聞いたの？」

「私、二階堂さんと同じクラスなんですよ。それで、他の子に話してる内容が聞こえてきました」

「あの子は……」

なんでこう、ベラベラと話してしまうんだろう……。

自分で自分の首を絞《し》めていることが、わからないのか……？

「そう渋い顔をしないであげてください。おかげで今や、一年生女子の中では、明人先輩とシャーロット先輩の株は爆上がりですから。まぁ、元から二人とも、人気が高かったですけど」

「どういうこと……？」

「よほど、許してくれた時のことに感動したんでしょうね、明人先輩は二階堂さんがしたことに一切怒らず、それどころか二階堂さんのことを心配して、優しく諭《さと》してくれた。誹謗中傷《ひぼうちゅうしょう》が世間でされているのも、自分のせいだから気にしなくていいとか、ちゃんと二階堂さんが先生に言えたのは偉いとか、彼女に言ったそうですね？　ですから、話を聞いた一年生女子の中では、先輩の株が爆上がりなんです。そして、シャーロット先輩も同じように優しく諭してくれたから――という感じですね」

要は、俺とシャーロットさんの評価が上がるように、二階堂さんが吹聴《ふいちょう》しているということか。

微妙に事実とは異なっているが、二階堂さんが言っているのは嘘というほどではない。

まさかこうなると思って彼女に優しく接したわけではなかったけれど、結果的に一年生の中で評価が上がっているのなら、それはいいことだ。

今は昔と違って、シャーロットさんの隣に立っていられる男でなければならないのだから。

ただ――。

「二階堂さんはそうかもしれないと思っていましたが……他の子たちまで……」

シャーロットさんはショックを受けたような顔をしているので、申し訳ないことをしてしまったかもしれない。

なんでここ最近はこう、俺がしたことが裏目に出るんだ……？

今までこうなることってなかったと思うんだが……。

「大丈夫ですよ、シャーロット先輩。一年生の中では、シャーロット先輩と明人先輩のカップリングは、推しカプになっていますので」

「推しカプ……？」

「応援しているカップルってことです。球技大会の件で、みんな応援するって決めたようですよ。その上、今回のことですし――みんな応援していますので、横取りしようとする子は出てこないかと。もしそんな子がいたら、みんなを敵に回しますからね」

香坂さんは仕方なさそうに笑いながら、解説をしてくれた。

球技大会の一件は、思った以上の効果があったようだ。

これが、男子のほうも同じならいいんだが……。

「やけに一年生の事情に詳しいんだな。ちゃんと友達がいるんじゃないか」

「あっ、おい、彰……」

きっと彰は、何も悪気がなかったのだろう。

安心したような笑顔で、地雷を踏みに行ったことに本人は気が付いていない。

「あ、あはは……話す友達がいなくてもですね、周りの子が言ってることは耳に入ってくるんですよ。いえ、話し相手がいないからこそ、複数箇所《かしょ》で行われている会話が全て聞けるんですけどね」

香坂さんは目に涙を浮かべながら、光がない瞳で笑っていた。

本当に話す友達がいないようだ。

この笑顔を見ていると、可哀想《かわいそう》で涙が出てくる。

それはシャーロットさんも同じだったのか、ハンカチで目元を拭いていた。

彰も地雷を踏み抜いたことにやっと気付いたらしく、バツが悪そうに隣から目を逸《そ》らしている。

しかし、華凜だけは――。

「仲間……！」

香坂さんを見て嬉しそうにしていたので、兄として胸が痛くなるのだった。

第五章「決別の準備」

動画問題から一週間近くが経って迎えました、土曜日――。

「明人《あきひと》君、準備できました」

私たちは、広島県に行くことになっていました。

明人君が神薙《かんなぎ》君に話があるらしく、明人君のことが心配な私は、無理を言って付き添わせて頂くのです。

「本当に行くの……？　危ないかもしれないよ……？」

「それは、明人君も同じです。むしろ、明人君のほうが危ないと思います」

「でも、エマちゃんもいるわけだし……」

「それは――」

明人君がまだ止めようとしてきますので、反論をしようとしていると、私のスマートフォンが鳴り始めました。

画面を見ますと、お母さんの名前が表示されています。

「お母さんからの電話です……」
「取ったほうがいいよ。エマちゃんは見ておくからさ」
明人君は、眠たそうにソファでウトウトしている、エマの傍に行きました。
話は後で、ということなのでしょう。
『――おはよう、お母さん』
《おはよう、ロッティー。元気にしてたかしら？》
お母さんは優しい声で尋ねてきます。
ここ数週間会っていませんので、こちらの様子も知らないのでしょう。
『元気だよ。それよりも、どうしたの？』
《悪いんだけど、今から来てくれる？　大切なお話があるの》
大切なお話……？
『電話ではだめなの？』
《直接話したいからね》
『私、これから用事があるんだけど……』
《彼とこれからも一緒にいたいなら、今すぐに来なさい》
『――っ!?』
お母さんから出た言葉に、私は息を呑《の》みます。

明人君と付き合っていることは、お母さんに言っていません。

エマを預けた際も、お友達と遊ぶとしか伝えていませんし――もしかして、動画の件で学校からお母さんに連絡が行っていたのでしょうか……？

《どうしたの？　彼と一緒にいたくないの？》

『あっ、えっと……』

喉《のど》が渇《かわ》いてしまい、うまく言葉が出てきません。

同棲《どうせい》していることは知られていないと思いますが、そのことまでばれたら、引き離されてしまうのではないか――そういう不安が私を包み込んでしまいます。

直後――後ろから、優しく抱きしめられました。

「あ、明人君……？」

「行っておいで。俺のほうは大丈夫だから」

彼は電話越しのお母さんに聞こえないよう、とても小さな声で呟《つぶや》かれました。

私の耳ならこれくらい聞き取れるだろう、と思われてのことだと思います。

「ですが……」

「ここで、変にお母さんとぶつかることになったほうが困るからさ、行ってきてほしい」

明人君は既に姫柊財閥《ひめらぎざいばつ》の問題や、動画を発端とした誹謗中傷問題などで、いっぱいいっぱいです。

この上、私たちの家庭問題までを抱えさせるわけには……。

「わかりました……。ですが、本当にお気をつけてくださいね……？」

「もちろんだよ。お母さんのホテルに行くのかな？　そこまで送るよ」

「ですが、神薙君とのお約束の時間に、間に合わなくなりますので……」

「大丈夫だよ、理玖《りく》もわかってくれるから。それじゃあ、行こっか」

明人君はいつも私を大切にしてくださいます。

自分の身の安全などは二の次――いえ、むしろ……自分の身の安全は必要ない、とすら思っていそうなところが怖いです。

私は念のためお母さんと電話を終えた後、チャットアプリである御方にメッセージを送り、明人君と一緒に家を出るのでした。

◆

『――それじゃあ、お母さんと仲良くね。エマちゃんも、また後で』

電車とバスを乗り継いで国際ホテルに着きますと、明人君は笑顔で手を振って去ろうとします。

そんな明人君の服を、エマが摑《つか》んでしまいました。

『おにいちゃん、ママにあわないの……？』

どうやらエマは、明人君にお母さんを紹介したいようです。

今は家に帰ってこないでいますが、イギリスにいた時はいつも一緒だったので、エマはお母さんに懐いています。

自慢の母親と思っているようなので、明人君に知ってほしいのでしょうね。

『ごめんね、エマちゃん。まだ、会うわけにはいかないんだ』

お母さんが明人君に対してどこまで知っているのか――明人君のことを、どういうふうに思っているのかがわからない以上、明人君はお母さんと会うわけにはいきません。

親は子供を守ろうとします。

そのため一つ間違えれば、私と明人君が引き離される可能性も十分考えられるのです。

それだけ、明人君の悪い噂《うわさ》は世の中に出回ってしまっています。

たとえそれが事実でなくても、世間が事実のように取り扱ってしまえば、彼の人柄を知らない人間は信じてしまうでしょう。

何より、悪い噂を信じて明人君に冷たい目を向ける親は、見たくありません。

『むぅ……』

『いつかは会うことになるから、それまでの我慢だよ。それじゃあ、お母さんのところに行こうね』

私はエマの頭を撫《な》でてあやしながら、明人君に笑顔を向けます。

『無事に、帰ってきてくださいね』

『あはは……まさか、リアルでそんなことを言われる日が来るなんてね……。大丈夫だよ、ちゃんと帰ってくるから。行ってきます』

明人君はそれだけ言うと、笑顔で去っていきました。

帽子を被《かぶ》り、伊達《だて》メガネをしてマスクもしていますので、大丈夫だとは思いますが……無事に帰ってこられるよう、心の中でお祈りを捧げるのでした。

明人君の背中が見えなくなりますと、私は大きくて豪華なホテルに入っていきます。

日本に来て以来、お母さんはずっとここで暮らしているのです。

そして、お部屋の前まで行きますと――。

《――あの子はどうして、こうも問題に巻き込まれてしまうのでしょうね……。あの時、お姉様についていくことができていれば、こんな不幸な目に遭《あ》うこともなかったのに……》

何やら、お部屋の中から話し声が聞こえてきました。

落ち着いている、とても上品で澄んだ声です。

歳《とし》は私とそう変わらない気がしました。

《そうとは限らないと思うわ。花音《かのん》ちゃんは、良くしてくれていたもの》

――えっ、花音ちゃん……？

聞き覚えのある名前に、私の鼓動は高鳴ります。

今の声は私のお母さんで間違いありませんが……これは偶然、なのでしょうか……？

《私もベネット社長と同じ考えです。少なくとも、お嬢様と一緒にいられたことは、彼にとって幸せだったはずです。悪いのは、全て――》

今度は、女性にしては少し低めな声が聞こえてきました。

ベネット社長……？

お母さんは、社長さんだったの……？

そのような話は、一度も聞いたことがありません。

しかし……明人君には伝えていませんが、イギリスで住んでいたのは、高級マンションの最上階でした。

そしてこのホテルも、豪華な装飾がされているお高そうなホテルです。

そのため、なんとなくお金持ちなのはわかっていましたが……それにしても、本当にあのお母さんが社長さんになっているのでしょうか……？

私は戸惑うあまり、低めな声を発する女性が言葉を止めたことに、気が付いていませんでした。

「――いらっしゃっていたのですね」

思考を巡らせていますと、突然ドアが開かれたのです。

その先には、花澤《はなざわ》先生と同じ年齢くらいの女性が立っておられ、メイド服を着て私を見下ろしています。

――メイド服……？

メイドさん!?

「神楽耶《かぐや》、下がりなさい。あなたが見つめてしまうと、威圧感を与えてしまうでしょう」

私がメイドさんに気を取られていますと、お母さんの対面に座られていた女性が、仕方なさそうに笑みを浮かべました。

彼女はゆっくりと立ち上がり、優雅な所作《しょさ》で私に近付いてきます。

髪は黒く、まっすぐ下に伸びたロングストレート。

肌は私と近いくらいに白く、とても優しそうな顔つきをされております。

それなのに、凛《りん》とされた雰囲気《ふんいき》も感じ――まるで、大和撫子《やまとなでしこ》のような御方でした。

「初めまして、シャーロットさん。お姉――お母様には、お世話になっております」

大和撫子さんは、上品にお辞儀《じぎ》をしてこられました。

私も慌てて頭を下げます。

「シャーロット・ベネットです、母がいつもお世話になっております」

私はそう挨拶《あいさつ》を返しながらも、一つ違和感を覚えていました。

先程の挨拶――意図的に、お名前を隠されたのでしょうか……？

それに、メイドさんを連れられているということは、お嬢様なのでしょう。

……メイドさん……。

私は背の高い、クールで綺麗《きれい》なお顔をされているメイドさんに、再度視線を向けます。

本物の、メイドさんです……！

お写真、一緒に撮って頂けないでしょうか……？

上流家庭に仕えているといわれているメイドさんを前にして、私は感情を抑えきれないほどに気持ちが高ぶります。

なぜならメイドさんとは、漫画やアニメなどで多く登場する、とても素晴らしい存在だからです。

「どうやら私《わたくし》よりも、あなたにご興味がおありのようですね、彼女は」

「メイド服が珍しいのでしょう。それに彼女は、オタ――日本文化にかなりご興味をお持ちなようですし。ですからお拗《す》ねにならないでください、お嬢様」

「別に誰も拗ねておりませんよ。ええ、姉である私を差し置いて――なんてこと、考えておりません」

「思いっきりお考えになられておりますよね、それは……」

何やら大和撫子さんがニコッと笑みを浮かべられ、そのお隣に立つメイドさんは、困ったような表情を浮かべながらお話をされております。

姉――ということは、大和撫子さんはメイドさんのお姉さん、なのでしょうか……？

ご姉妹のようには見えませんが……。

「まぁいいでしょう。シャーロットさん」

「は、はい!?」

会話に耳を澄ませていましたので、いきなり名前を呼ばれて、つい驚いて返してしまいました。

「……澄んだ綺麗な瞳ですね」

なぜか大和撫子さんは、私の目をジッと見つめてこられます。

「いろいろと大変でしょうけど、頑張ってください。私共は、陰ながら見守っていますので」

大和撫子さん……？

「お嬢様」

寂しそうに笑みを浮かべられた大和撫子さんに対し、メイドさんが咎《とが》めるような表情で彼女のことを呼ばれました。

「わかっております。それでは、私共はこれで。ごきげんよう」

大和撫子さんはスカートの両端を摘《つ》まんで、頭を下げてこられました。

そして顔をお上げになると、チラッとお母さんを見て、笑みを浮かべられます。

言葉にはせず、何やら目でやりとりをされたようでした。

そして――。

『小さな天使ちゃんも、さようなら』

私の腕の中にいるエマに対して、とても優しい笑顔で手を振ってこられました。

エマは人見知りを発揮していて、私の胸に顔を押し付けていたのですが、優しい笑顔に触発されたのか、恐る恐るという感じで手を振り返しました。

それを見た大和撫子さんは、嬉しそうに頬《ほお》を緩《ゆる》められます。

『ソフィア様、シャーロット様、エマ様、失礼致します』

そしてメイドさんも私共に頭を下げられ、その後ドアを開けて、大和撫子さんが出た後に出ていかれました。

いろいろと疑問があるものの、彼女たちに敵対心は見えませんでした。

何より、悪い御方たちには見えません。

ですが――偶然、で片付けられることでもないと思いました。

『突っ立ってないで、座ったらどう？　エマも、おいで』

『んっ……！』

お母さんに声をかけられ、エマが私の腕の中から出ようと、もがき始めました。

危ないのでゆっくりと降ろしますと、タタタッとお母さんのもとに走っていきます。

『ママ……！』

『よく来たね、エマ』

お母さんの足にしがみついたエマを、お母さんは抱きあげます。

そして膝の上に座らせると、まるで明人君を彷彿《ほうふつ》させるような優しい笑顔を、エマに向けられました。

私には、お母さんがいったい何を考えているのか、わかりません。

『あのお二方は、誰だったの?』

私はお母さんの正面に座りながら、本題よりも先に、先程の二人について尋ねます。

私の予想が合っているなら、聞かなければならないことが沢山《たくさん》あります。

しかし――。

『今は教えられないわね』

お母さんは、答えてくれませんでした。

『娘に話せないような人たちと、会っているの?』

『仕事の関係者よ。それよりも私が呼んだのは、あなたの動画が出回っている件なんだけど、事情を説明してくれるかしら?』

やはり、学校からお母さんに連絡が入っていたようです。

それを盾にして、彼女たちのことは話してくれないようですね。

『動画のことは、生徒の子が撮って動画サイトにあげてしまっただけだから、私たちが何かしたことではないよ。それよりも、私は先程のお二方のことを聞きたいの』
『何を聞かれても、あの二人については話さないわ』
『どうして？　娘が心配して聞いているのに？』
『あなたが心配することではないからよ』
よほど聞かれたくないことなのでしょう。
お母さんは、私を見据えてきました。
それは、娘に向ける目ではありません。
『ママ……？　ロッティー……？』
普段と違う私たちの雰囲気に、エマが怯《おび》えたように私たちの顔を交互に見てきました。
いけません……冷静にお話をしないと、聞けるものも聞けないでしょう。
『大丈夫だよ、エマ』
私はエマに笑顔を向けて、深呼吸をします。
そして、再度お母さんを見つめました。
『姫柊財閥《ざいばつ》の方たちと、お母さんは関わりがあるの？』
私は遠回しに聞くのはやめ、直球の質問をぶつけることで、お母さんの反応を見ます。
しかし――。
『ふふ、何を聞かれても、答えてあげないわよ？』

笑顔で躱《かわ》されてしまいました。

これを遠回しの肯定――と考えてしまうのは、私がそう思いたいだけなのでしょうか……？

それとも、やっぱり……？

『そんなことよりも、ロッティー。またイギリスに戻ることになるのに、日本で彼氏なんて作って、どうするつもり？』

『――っ』

不意に、私が心の奥底に押し殺していたことを持ち出され、私は息を呑《の》んでしまいます。

『答えられないの？』

『私は……明人君と、ずっと一緒にいたい。日本に残りたいと思ってるの』

『結婚したいと考えてるってこと？』

『えっ!?』

てっきり、どうやって残るつもりなのか、などの質問や、学生だから現実的ではない、などと否定されると思っていましたので、予想外すぎる言葉に顔が熱くなってしまいました。

『一緒にいたいってことは、結婚をしたいってことじゃないの？』

『そ、それは……そう、だけど……』

カァーッと顔がとても熱くなる感覚に襲われながら、私は正直に頷《うなず》きました。

私は今、母親に何を言っているのでしょうか。

なんで、こんな恥ずかしい思いをしなければならないのですか……。

しかし、お母さんは――

『そう……その言葉を聞けただけで、十分よ』

――なぜか、優しい笑みを浮かべになりました。

『お母さん……？』

『ごめんね、あの子たちのことはまだ教えてあげられない。私たちにも、都合があるから』

そう言って笑みを浮かべるお母さんの言葉は嘘に感じられず、私はそれ以降問い詰めることができなくなってしまうのでした。

◆

「――なんで、いるの……？」

シャーロットさんと別れて駅に向かった俺は、ここにいるはずのない人に会ってしまい、若干《じゃっかん》苦笑いをしていた。

「ごめんね、シャーロットさんに頼まれちゃった」

そんな彼女――清水《しみず》さんは、《てへっ》とわざとらしく笑みを浮かべる。

シャーロットさん……心配だったのはわかるけど、俺が女の子と二人きりで行動するのはいいのか……？

普通なら嫌がりそうというか、滅茶苦茶嫉妬《めちゃくちゃしっと》しそうな気がする。

清水さんのことはそれほど信頼しているのか、それとも清水さんなら安心できる根拠があるのか――とりあえず、俺に相談はしてほしかった……。

まぁ相談をされたら、絶対に断っていたけれど。

それをわかっているから、シャーロットさんも言ってこなかったんだろうな……。

「せっかくの休みなのに、よかったの……？」

「まぁね、理玖に会いに行くんでしょ？」

「そうだけど……」

「じゃあ、私がいたほうがいいでしょ。それにしても、シャーロットさんに聞いてなかったら見つけられないところだったよ。伊達《だて》メガネ、似合ってるじゃん。インテリ系っぽい」

からかっているのか、本気で言っているのか。

これならせめて、彰に連絡しておけばよかったな……。

さすがに清水さんと二人きりで行動するのは、気まずすぎる。

その後、清水さんに案内してもらいながら、理玖のもとに向かうと――。

「へぇ、浮気？」

公園で変装をして待っていた理玖が、ニヤニヤしながらとんでもないことを言ってきた。

「どこからツッコめばいい？」

俺は頭が痛くなりながら、理玖に尋ねる。

「ん？　あぁ、この変装？　僕も意外と有名人でさ、地元だと特にまずいんだよ」

理玖は嬉しそうに服を引っ張りながら、変装をしている説明をしてきた。

違う、そうじゃない。

「変装が被ってる……」

そう、清水さんの言う通り、理玖も俺と同じく帽子を被り、メガネをつけてマスクもしているので、完全に被っているのだ。

「こうしたら、兄弟っぽくない？」

「わざと、青柳《あおやぎ》君がしそうな変装をしたってことね」

「あはは」

清水さんのツッコミに対して、理玖は楽しそうに笑って誤魔化《ごまか》す。

うん、寒気がした。

「まぁ、服装のことはいいけど……注目を浴びたくないなら、それこそ理玖の家でよかったんじゃないか？」

「何言ってるんだい。そんなことをしたら、有紗《ありさ》が彼氏を連れてきたって親が騒いで、後が面倒だよ」

理玖の親とは会ったことがないけれど、理玖の性格から考えるとありえそうな話だ。

「親戚《しんせき》一同集まって、赤飯炊《た》きそうだもんね〜。そんなのごめんだけど」

清水さんは、仕方なさそうに笑って冗談交じりに赤飯を炊くと言った後、吐き捨てるように真顔でごめんだと言った。

本当にそういう感じらしい。

よかった、理玖の家に行かなくて。

まぁそれはそうと、炊きそうってことは……清水さん、彼氏できたことないのか。

普通に男慣れしてそうだけどな。

「じゃあ理玖も、浮気とか言ってくるなよ」

「ごめんごめん。それで、話って何？」

理玖は笑いながら、俺の目を見つめてくる。

しかし、笑っているのは顔だけで、理玖の目は笑っていなかった。

相変わらず、何を考えているのかわからない奴だ。

清水さんは数歩後ずさり、自分は会話に加わらないという意思を見せる。

周囲に気を配ってくれているようなので、俺は理玖だけに集中できそうだ。

「まず最初に、この間の返事をさせてくれ。俺は理玖の誘いを、断らせてもらう」

「へぇ？」

理玖は興味深そうに見てくる。

この答えは、想定内だったのだろう。

むしろその先に興味を向けたように見えた。

「僕の誘いを断りに、わざわざ会いに来た——ってわけじゃないよね？　君は律儀《りちぎ》な人間だけど、それくらいのことなら電話で済ませるだろうからね。誘いは断っておきながら君は、いったいどんな話をしてくれるのかな？」

理玖は煽るように笑顔で、プレッシャーをかけてくる。

まぁ当然の反応といえば、当然なのかもしれないが。

「理玖なら既に知っていると思うが、とある動画が発端となって、俺の誹謗中傷《ひぼうちゅうしょう》などがSNSで沢山《たくさん》書かれているんだ。それを止めるために、協力してほしい」

「僕の誘いは断っておきながら、協力してほしいだって？　自分勝手すぎないか？」

理玖は笑みを浮かべながらも、ジッと俺を見据えてきた。

「わかってるよ、それくらい。だけど、譲《ゆず》れないものが今はあるんだ」

相手の頼みを断っておきながら、自分は頼み事をするということに、何も思わないわけではない。

だけど、大切なもののためには、なりふり構っていられないのだ。

「だからこれは、友人としての頼みになる」

「……ふ～ん、友人、ね？」

理玖は口元に手を当てて、試すように俺を見つめてくる。

そして――。

「ちゃんと、わかってるじゃないか。そう、友人を助けるのに、対価なんていらないんだよ」

口元から手を放すと、ニヤッと笑みを浮かべていた。

どうやら、俺の選択は間違えていなかったらしい。

「悪いな、迷惑をかけて」

「いいんだよ、僕はこの日を待ってたんだから」

「……？」

「あはは、よくわかってない顔だね。まだ具体的な案を聞いていないけれど、これはただ炎上を収めるためだけのことじゃないでしょ？」

「……わかるのか？」

「大体はね。今回の件を収めるには、やらないといけないことがある。姫柊を――敵に回す覚悟は、できたんでしょ？」

理玖の言う通り、今回炎上を収める手として俺が考えているのは、姫柊財閥《ざいばつ》に喧嘩《けんか》を売ることになる。

「あぁ、そうだよ。大切なものを守るためなら、俺は鬼にも悪魔にもなることにした」

「恨みがある相手とはいえ、一応お世話になっているところに、弓を引く――か。正直、君ほど律儀な人間がその選択をするかどうか、半信半疑だったけどね」

半信半疑？

まるで、自分の意思ではなく、誰かから聞いたような言い方だな……。

「まぁよかったよ、僕の準備が無駄に終わらなくて」

「準備……？　さっきから、気になることがいくつかあるんだが……？」

「あぁ、そうだね。僕がメディアに積極的に出るようになったのは、君が覚悟を決めた時に役に立つためなんだよ。三年前は、何もできなかったからね」

それは、初めて聞かされる内容だった。

「メディア嫌いだったはずなのに、変にメディアへの露出が多くなったのは、そういった理由だったのか……。でも、どうして理玖がそこまで……？」

理玖とは別に幼馴染《おさななじ》みでもないし、チームメイトでもなかった。

知り合ってからは、向こうからよく絡んでくることがあったから、結構話すようになっただけだ。

サッカーを辞めた俺になんて、興味がなかっただろうに……。

「君は知らないだろうけど……君がいたからこそ、僕は変わることができて、今があるんだ。君と出会わなかったら、今も自己中なプレーしかしない、個人技任せのただのストライカーでしかなかった」

理玖は昔を懐かしむかのように、空を見上げる。

「要は、調子に乗ってたんだよ。自分が一番うまいから、周りが僕のために動けば勝てるんだって。そんなふうだったから、代表にも選ばれなかったんだろうね」

確かに初めて対戦した時の理玖は、一年生ながら敵チームの中で頭一つ抜けてうまかったのに、抑えるのは難しくなかった。

パスもほとんど出さない上に、味方の囮《おとり》にもなろうとしない、走らない選手だったのが理由だ。

その上ゴール前に上がったままで、ディフェンスもろくにしなかったので、自己中な選手だと思ったのは間違いない。

しかし、二年生の時に対戦した理玖は、懸命に走るようになっていた。

ボールロストした際は、ボールを持った相手選手へすぐチェックに向かうことで、ディフェンスが整う時間を稼《かせ》いでいたし、攻撃の際は、別のフォワードがフリーになるよう、囮になる動きもしていたのだ。

おかげで、負けた一年生の時の試合よりも、理玖一人にかき回された記憶がある。

その意識の変化は、俺と戦ったことが影響していたらしい。

「まさか、将来日本代表を背負って立つとまで言われている男に、そんなことを言われるなんてな……」

「君がどう感じてたかはわからないけど、これでも僕は、君に感謝してるんだよ」

「別に、理玖のためを思ってしたことじゃないんだけどなぁ……」

そこが勝ち筋だったから、攻めただけのことだ。

結果的に成長へと繋《つな》がったのは、理玖の性格と意識のおかげだろう。

俺が何かしたわけではない。

「君がいたからこそ、今の僕があることには変わりないんだ。だからこそ僕は、君が追い詰められた時、力になれなかったことを悔《く》やんだし、いつか起きるであろう、君が姫柊財閥と決別する時に、力になれるよう動いたんだ」

理玖は強い意志を籠《こ》めた瞳で、俺のことを見つめてきている。

言っていることは嘘ではないのだろう。

現に理玖は、全国に多くのファンを持つ、インフルエンサーにもなっているのだから。

「それも疑問だったんだが……どうして、俺が決別すると思ったんだ？　半信半疑だったということは、誰かから聞いたのか？」

「三年前に、姫柊のお嬢様に言われたんだよ。そう遠くない未来に、明人が自分の運命と向き合う日が来るはずだから、その時に力になってあげてほしいって」

「花音さんが……？」

意外な人物の名前が挙がり、俺は口元に手を当てて考える。

理玖が花音さんを知っているのは、当然だ。

今でこそ関わりがなくなってしまっているが、昔はよく花音さんは俺の傍にいた。

だから、俺に会いに来た理玖は、花音さんにもよく会っているのだ。

「あの人は誰よりも君の味方で、君の幸せを願ってる。今でもそれは、変わらないよ」

「……そうだな」

優しく笑みを浮かべた理玖に対し、俺は頷《うなず》いて応える。

花音さんも姫柊財閥の一員だが、あの人は敵じゃないと思う。

昔のことで怒らせてしまっているかもしれないが——もともと、良くしてくれていた人なのだ。


彼女のことを、また信じてみようと思う。


その後は、これからすることを理玖に説明したところ——

「——なるほどね、ＳＮＳで注目されていることを逆手に取るのか。是非《ぜひ》やらせてもらうよ」

無事、了承を得ることができたのだった。

◆

翌日の日曜日、とある喫茶店《きっさてん》の前――。

「よく、顔を出せましたね？」

現在俺の目の前には、ゴミ虫でも見るような目を向けてくる、メイドさんがいた。

彼女の名前は草薙《くさなぎ》神楽耶さんといい、代々姫柊家に仕えている家庭の人らしい。

そのため、学生の頃から幼い花音さんの面倒を見ていた、花音さんの専属メイドだ。

歳《とし》は確か、美優《みゆ》先生くらいだったはず。

そして俺は、この人が大の苦手だったりする。

ちなみに俺が前に電話をした相手は、この人だ。

「この度《たび》はお時間を頂き、ありがとうございます。花音さんは既に中にいらっしゃるのでしょうか？」

「……随分《ずいぶん》と、マシな面構《つらがま》えになったようですね」

神楽耶さんは興味がなさそうに無表情で言いながら、喫茶店のドアを開ける。

中にいるということなのだろう。

緊張は――しているけれど、この人に会うまでよりは大分マシになっている。

一番の難関は、この神楽耶さんだと思っていたからな。

よく、あっさりと通してもらえたものだ。

お店に入ると、馴染《なじ》みのある店員さんが案内をしてくれた。

この喫茶店は花音さんが気に入っていて、昔よく通っていたところだ。

だからここを指定されたのだろう。

そうして、奥に進むと——

「——大きくなりましたね、明人」

記憶にあるものよりも大人びた顔つきの女性が、笑顔で椅子《いす》に座っていた。

幼い頃から俺の義姉を自称していた、姫柊花音さんだ。

中学の頃から一部の生徒に大和撫子《やまとなでしこ》と呼ばれていたが、成長した今の姿は正に、大和撫子を連想させられる。

最後に会ったのは、彼女が中学を卒業した日なので——約三年ぶりくらいだ。

「お久しぶりです、花音さん。更に綺麗《きれい》になられましたね」

「ふふ、あの明人がお世辞《せじ》を言えるようになっているとは、成長を感じていいですね」

お世辞ではないが、社交辞令のようなものではある。

普段なら言わないけれど、交渉をしくじると終わるので、慎重にもなるものだ。

「ところで、おひとりなのですね？　私《わたくし》はてっきり、かわいい彼女さんともお会いできると思っていたのですが？」

姫柊社長が知っていた時点でその可能性はあると考えていたが、やはり花音さんもシャーロットさんのことを知っているらしい。

「昔のことにきちんとケジメをつけられていないのに、今のことは話せませんので」

シャーロットさんもついてきたがったけれど、俺が残ってもらうよう説得した。

花音さんとは嫌な別れ方をして以来、まともに話していない。

それをきちんと清算していない状況で、彼女を紹介するのは良くないと思ったのだ。

「相変わらずまじめですね。それがあなたの良さでもありますが……せっかくの機会なので、私は彼女さんともお話をしたかったです」

花音さんの場合、本気で言っているのだろう。

嫌みなどを言う人ではないし、誰に対してもフレンドリーで優しい人だ。

「いずれ機会が来ましたら、紹介させて頂きますので」

「ふふ、楽しみにさせて頂きます。それにしても、明人に彼女さんですか。姉として嬉しい限りですね」

花音さんは優しい笑みを浮かべながら、温かい目で見つめてくる。

気恥ずかしくて仕方がない。

「もう彼女の話はその辺で……」

「照れなくてもいいではありませんか。こうしてお話をするのも、三年ぶりくらいなのですから。彼女さんのお話だけでなく、昔を懐かしみながらお話しもしたいですしね」

話し好きなところは、昔から変わらないようだ。

「彼女の話ではなく、昔話なら……」

「もう、仕方がない子ですね」

花音さんは言葉通り仕方なさそうに笑いながら、テーブルの上に置いてあった紅茶を口に運ぶ。

すると、後ろから神楽耶さんが、無言でメニューを差し出してきた。

お前も注文しろ、ということだろう。

相変わらず俺の扱いだけ雑だ。

店員さんにコーヒーをお願いすると、花音さんが天井を見上げて口を開く。

「あなたと出会ってから、十年近くが経ちますね。出会った頃は、警戒をされて大変なものでした」

「突然俺の前に現れて、いきなり今日から俺の姉になるとか言い出すんですから、当然の反応だとは思いますが……」

そう、花音さんは、公園でサッカーの練習をしていた俺の前に、いきなり現れたのだ。

出会った頃のことは、今でも覚えている。

なんせ、お姉さんと入れ替わるようにして、彼女が現れたのだから。

「言葉は選ぶことですね？」

「――っ」

背後から首筋に手を当てられ、汗が俺の頰《ほお》を伝う。

見上げれば、神楽耶さんがとても冷たい目で俺を見下ろしていた。

神楽耶さんは花音さんを溺愛《できあい》しているので、花音さんに無礼を働こうものなら、すぐにこうなるのだ。

「神楽耶、控えなさい。姉弟の談笑に一々反応をするのはやめなさい、といつも言っているでしょう」

神楽耶さんの態度に、花音さんは溜息を吐きながら注意をする。

「失礼致しました」

神楽耶さんは俺の首から手を離し、深々とお辞儀《じぎ》をする。

しかし、顔を上げると、《わかっているな？》とでも言いたげな冷たい目を、俺に向けてきた。

この人がわかっていない。

「話を戻しましょう。最初は警戒していたあなたも、打ち解けてからは私の言うことを聞き、よく頑張ってくれていましたよね」

花音さんの言うことを聞いて——というよりは、後ろの悪魔に脅《おど》されて、というのが正しいのだけど、そんな訂正《ていせい》をする勇気はない。

ただ、正直今の俺があるのは、この二人のおかげだ。

勉強に関しては自分でも頑張っていたけれど、花音さんが勉強する際に、神楽耶さんが俺にも教えてくれていた。

教えてくれる際のやり方は天と地ほど違ったけれど、そのスパルタ指導があったからこそ、今の学力があるというのは間違いない。

そしてサッカーに関しては、花音さんがお金を出してくれていた。

彼女は大手財閥《ざいばつ》の令嬢ということで、お小遣いを沢山貰《たくさんもら》っていたらしく、それを俺のために使ってくれていたのだ。

しかも、チームに入るのではなく、引退した元プロをコーチに招いて鍛えてもらう、徹底っぷり。

なんでも近くに強いチームがなくて、わざわざ遠くに通うくらいなら、コーチを招いて自分たちでチームを作ったほうがいい、となったらしい。

だけど思うようにはいかず、姫柊という大きな名が逆に周りを遠ざける原因になってしまったり、保護者の付き合いなどで今のチームを抜けるわけにはいかないとか、お嬢様の気まぐれですぐチームはなくなるなどという噂《うわさ》が流れたりして、試合ができるほどの人数は集まらなかった。

また、求めていたのは俺と同い年の子だけだったというのも、理由ではあっただろう。

だから俺が公式戦に出たのは、中学が初めてだったのだ。

ちなみに、彰もそのメンバーの一人だ。

まぁ今思えば無茶苦茶《むちゃくちゃ》な話だったと思うけれど、正直子供ながらに、大金持ちってなんでもありなんだな、と思わされた瞬間だった。

中学だって、通えない生徒のために寮代わりの建物を用意してまで、有望な選手を勧誘していたくらいだし。

「これでもかってくらいに、環境を用意して頂けたおかげですね……。思い返してみても、凄《すご》い子供時代だったと思います。花音さんがされることには、いつも驚かされていました」

「ふふ、私も若かったものですね」

いや、今も十分若いだろ、とか、あれだけのことを《若かったから》、という理由で済ませていいのか、という疑問はあるものの、下手《へた》なことは言わないほうが身のためだ。

「一つ勘違いしてほしくないのですが、あれだけのことをしたのは、明人が頑張れる子だったからですよ？　頑張れない子なら、こちらも力を貸したりはしていません」

「それは有難く思っています」

別に、やってもらっていたことに関して愚痴《ぐち》はない。

……いや、神楽耶さんに関しては言いたいことがいろいろあるけれど、全て俺の成長に繫《つな》がるものばかりだった。

だから、文句なんてないのだ。

「正直、中学時代のことがなければ——明人の未来は、大きく変わっていたと思います」

「花音さん……」

悲しく目を伏せた花音さんに対し、俺は胸が締め付けられた。

あの時のことを、彼女が今も気にしているのが見ていてわかるのだ。

「先に、謝らせてください。中学時代の俺は、花音さんにとても失礼なことを言ってしまいました。恩を仇《あだ》で返す行為だったとも思っています。本当に、申し訳ございませんでした」

俺はずっと胸に引っかかっていたことを謝った。

中学時代の問題が起きた時、俺は花音さんに対してこう言ってしまったのだ。

《あなたが俺に良くしてくれていたのは、俺を利用するためだったんですね》と。

冷静に考えれば、そんなことはありえない。

しかしあの時の俺は冷静でいられず、つい花音さんに当たってしまったのだ。

その言葉が、どれだけ彼女を傷つけたかはわからない。

「顔をあげてください、明人。あなたが謝ることは何もありません。むしろ、謝らなければいけないのは、私《わたくし》のほうです」

「いえ、花音さんに謝られることのほうがないです……。俺が失礼なことを言ってしまったのは、事実なのですから……」

「あなたに言われた言葉は、当然のものだと思っています。事実はどうであれ、結果として私共があなたを利用してしまう形になったのは、変わりないのですから。そして私は、あなたを守ることができなかった。ごめんなさい」

花音さんは深く頭を下げてくる。

思い出すのは、泣きながら謝ってくる中学時代の花音さんの顔だ。

彼女は俺と同じで、何も知らず、ただ利用されただけだった。

本当に彼女が謝ることは、何もない。

彼女は善意で、住む場所を失った俺を、迎え入れようとしてくれただけなのだから。

「やめてください、あなたに謝られてしまうと、余計きつくなるので……」

悪くない人に頭を下げられることが、どれほど辛《つら》いか。

気が晴れることはなく、罪悪感を抱くだけだ。

……彰も、こんな気持ちだったのかもしれない。

「それでは、もうお互いこの話はここまでにしましょう。私だって、明人に謝られたくありませんので」

確かにこのままだと、お互いが謝り続けることになりそうだ。

「わかりました、お言葉に甘えさせて頂きます」

「ええ、甘えてください。私はあなたのお姉さんなのですから」

それはなんか言葉が違うような——と思ったけれど、彼女はどうあってもお姉さんぶりたいようなので、気にしては駄目だ。

「それにしてもよかったです。明人が彼女さんを作ったということは、もう過去に縛《しば》られてはいないのでしょう?」

多分花音さんは、彰と同じかそれ以上に俺のことを理解してくれている。

だから、俺が彼女を作っているのがどういうことなのか、わかっているようだ。

「まぁ、彼女のおかげなんですが……。彼女がいなかったら、今もウジウジ一人で悩んでいたと思います」

「素敵な子なのでしょうね」

本当に、素敵な子だと思う。

この世で一番だと思っているくらいだ。

まぁさすがに、そんな惚気《のろけ》た発言はできないのだが。

……後ろの人が怖いし。

「明人の考えを変えることができる子なんて、そうそういないでしょう。大切にしなければなりませんよ?」

「もちろん、そのつもりです。俺にはもったいないくらいの子ですから」

……うん、なんか背中に寒気を感じたが、これくらいの悋気は許してほしい。

「ふふ、なるほどです」

後ろの人とは反対で、花音さんは楽しそうに笑っている。

凄い温度差だ。

しかし――笑っていた花音さんの顔から、突然笑みが消えた。

「――ですが、あなたはまだわかっていませんよ。わかっていたら、一人で私に会いに来たりなど、しないはずです。少なくとも、彼女を連れてきていれば、知られた事実もあったでしょう。まぁあなたが何も言わないところを見るに、お互い様のようですが」

何か思うところがあるかのように、真剣な表情で俺を見つめてきたのだ。

「どういうことですか……？」

花音さんの言っている意味がよくわからない。

「いらない心配をかけたくない――というのはわかりますが、恋人なら不安要素を隠すことのほうが、問題だと思いますよ？」

許嫁《いいなずけ》などのことを、シャーロットさんに話していないと見透かされている、のか……？

でも、話したところで、解決する問題ではないと思う。

むしろ話したほうが、彼女を不安にさせてしまうだけだ。

「合理的に考えるのはいいことですが、人はそう単純な生き物ではありませんよ？　自分がしている行いが、相手にとってどんなことになっているのか、あなたはわかっていません」

要は、シャーロットさんを連れてこなかったことを、根に持っているのだろうか……？

そこまで心が狭い人ではないと思うが……。

「まぁいいでしょう、今日はお説教をしに来たのではありませんからね」

つまり、今のはお説教だったというわけだ。

なんだか気まずくなってしまったな……。

「そろそろ本題に入りましょうか。私にお願いがあるのですよね？」

花音さんは切り替えたように、笑みを向けてくる。

そんなすぐに切り替えられるほど、俺の中で整理はついていないのだが……。

とはいえ、あまり時間を無駄にもできない。

こうして時間を作ってもらっているが、普段は忙しい人だろう。

「実は、とある動画を作ろうと考えています」

「動画を？　それはまた、変わったお願いですね」

花音さんは楽しそうに笑いながら、俺の表情を観察してくる。

普通これだけならわからないと思うが……もしかしたら、俺の考えを見抜いているのかもしれない。

「今、ＳＮＳで俺の件が炎上していることはご存じですか？」

「あなたたちの映った動画が、発端となっていることですね？　もちろん、知っております」

さすがに騒ぎになっているため、学校から連絡がいっていたのだろう。

むしろこっちが切り出すまで、よく待ってもらえたものだ。

「その件を解決するための策として、作りたい動画があります。ただ――」

「皆までおっしゃらなくても大丈夫です。姫柊にとって、不利益なことなのでしょう？」

さすが、察しがいい。

この人の頭の良さは、俺を遥《はる》かに凌《しの》ぐと思っている。

「花音さんに迷惑をかけることになって、申し訳ないのですが……」

「いいのです、これも報いでしょう。お話を詳しくお聞かせください」

自分の不利益に対して、花音さんは笑顔を返してくれた。

本当に優しい人だ。

それから俺は、これからの自分たちがすることを全て話す。

すると――。

「ふふ、実に良い案だと思います。その中に、こちらもお加えください」

花音さんはスマホを操作して、画面を俺に向けてきた。

そこには――俺が軟禁《なんきん》されている白黒映像が、映されている。

「どうしてこんなものが……？」

「いつかこの日が来た時のために、神楽耶に監視カメラの映像を入手させておりました。これも使って、言い逃れできないよう徹底的に追い詰めましょう」

花音さんは笑い話をするかのように、ニコッと笑みを浮かべながら、とても楽しそうにそんなことを言ってくる。

寒気がしたのは、俺だけだろうか？

どうやら俺の周りには、怒ると笑顔になる人が多いようだ。

……優しい人が多いからか？

「ありがとうございます、有難く使わせて頂きます」

俺は頭を下げてお礼を伝え、神楽耶さんを見る。

「神楽耶さんも、ありがとうございました」

「ふん、私はお嬢様のご命令に従っただけです。別に、あなたのためを思ってしたことではありません」

「ふふ、相変わらずツンデレですね」

神楽耶さんが入手してくれたとのことでお礼を言ったのだが、相変わらず冷たくあしらわれてしまった。

そのやりとりの何が面白かったのかはわからないが、花音さんだけはニコニコと楽しそうにしている。

「えっと……実は、これだけではなくて、もう一つお話がありまして」

俺は気を取り直して、花音さんを見る。

「他にもお願いがあるのでしょうか？」

「いえ、お願いではなく、もう一つ案がありまして、そのご相談をしたいと……」

「ほぉ？」

花音さんはとても興味深そうに見てくる。

その想定はしていなかったようだ。

「耳をお貸しください」

俺はそう言って、そのもう一つの案を彼女に打ち明けるのだった。

第六章　「決別の時と思い出のお姉さん」

「――ただいま」

あの後は、俺の身の安全を優先とのことで、神楽耶《かぐや》さんが運転するリムジンでマンションまで送ってもらえた。

というか、強制だった。

久しぶりに会っても、花音《かのん》さんは過保護のままなようだ。

「おかえりなさい、大丈夫でしたか？」

俺が帰ってくるのを待っていたのか、玄関ではシャーロットさんが心配そうに立っていた。

彼女の顔を見ると、ホッと安堵《あんど》してしまう。

「うん、無事お願いも聞いてもらえたし、予定していたことよりもうまくいきそうだよ。それよりも、エマちゃんは？」

普段のエマちゃんなら、走って迎えに来そうなのに、出てこないので聞いてみた。

「エマは拗《す》ねて、寝ちゃっています。昨日も今日も、あれでしたので……」

「あぁ、悪いことしちゃったね……」

エマちゃんは休日に遊ぶことを楽しみにしてくれている。

それなのに、昨日今日と俺が用事で出かけてしまったから、遊べずに拗ねていたようだ。

「用事は仕方ありませんよ。むしろ、エマにとってはいい勉強です」

「ありがとう、なるべく早くこの件は決着させるから」

「………」

「シャーロットさん？」

安心させるように笑顔を向けたのに、逆にシャーロットさんの表情は曇ってしまった。

何か悲しませることを言っただろうか……？

「明人《あきひと》君、スッキリした顔をされています……」

「えっ？」

「結局私は、何も明人君の役に立てていません……」

そういうことか……。

現在俺は、シャーロットさんの協力なしに自分で動いて、いろんな人に協力してもらっている。

俺がシャーロットさんとではなく、他の人と解決しようとしているのが嫌なのだろう。

俺も、シャーロットさんが俺以外の人を頼りにしているのは、あまり見たくない。

そういう配慮《はいりょ》が欠けていた。

「大丈夫だよ、シャーロットさんは一緒にいてくれるだけでいいんだ」

彼女が気負わないように、俺は思っていることを伝える。

しかし――それが、よくなかったようだ。

「明人君、私を隣にも、いさせてくれていませんよ……？」

そう、彼女の言う通りなのだ。

一緒にいてくれるだけでいいと言っているのにもかかわらず、俺が彼女を一緒にいさせないようにしていた。

それでは、彼女が不満や不安を抱くのは当然のことだった。

おそらくこれらのことを、花音さんは言っていたのだろう。

「ごめん、確かにそうだね……。でも、なるべく不安を感じさせたくなくて、していたことだから……」

「何も話してもらえなかったり、遠ざけられるほうが、よっぽど不安ですよ……」

話し合いが必要だと思ったものは、ちゃんと相談しているよ――なんて言ったら、墓穴を掘るようなものだろうな。

結局、俺のエゴでしかなかったのだろう。

シャーロットさんが嫌だと思っているなら、ちゃんと話さないといけなかった。

「そうだね、ごめん」

俺は謝って、シャーロットさんの体を抱き寄せる。

そして、優しく頭を撫《な》でた。

「座って話しようか？」

「はい……」

立ち話もしんどいだろうから、俺はシャーロットさんを連れてリビングへと行く。

普段なら、先に座って彼女が膝に座ってくるのを待つけれど、今回は彼女をお姫様抱っこして、そのまま自分が座るのと同時に膝の上に下ろした。

「あ、明人君……」

「まぁたまにはね」

シャーロットさんが嬉しそうに頬《ほお》を赤らめたので、やってよかった。

これで少し、溜飲《りゅういん》が下がってくれたらいい。

「彼氏なのに、悲しい思いばかりさせてごめんね」

優しく抱きしめながら、丁寧《ていねい》に頭を撫でる。

シャーロットさんは俺の胸に横顔を預けながら、首を左右に振った。

……器用なことをする。

「私が我《わ》が儘《まま》ばかり言っているだけなので……」

「いいんだよ、我が儘を言ってくれて。彼女なんだから、素直にいろいろと言ってもらえたほうが、俺も安心するしさ」

彼女がしてほしいことなら、なんでもしてあげたい。

だけど、してほしいことなんて言葉にしてもらわないと、わからないこともある。

だから、彼女が我が儘を言ってくれるほうが、俺はよかった。

「我が儘ばかり言うかもしれませんよ……？」

「いいんだよ、それで。むしろ、沢山《たくさん》言ってほしいくらいだしさ」

「女の子と話さないでください——と言ってもですか？」

笑顔で話していると、シャーロットさんがとんでもないことを言い出した。

束縛《そくばく》が強い性格の恋人が、異性の連絡先を全て消そうとしてくる、というのは聞いたことがあるが、話さないでほしいというのは初めてかもしれない。

そんな彼女は、ジッと俺の顔を見ている。

「シャーロットさんが本気で望んでるなら、なるべく話さないようにするよ？」

完全に話さないようにするのは無理だ。

しかし、必要最低限に抑えることはできるだろう。

華凜《かりん》には申し訳ないことになるけれど、シャーロットさんが傷ついているならそうする。

「冗談ですよ。まさか、前向きに検討《けんとう》されるとは思いませんでした」

シャーロットさんは本気じゃなかったようで、困ったように笑みを浮かべてしまった。

正直彼女の嫉妬《しっと》深さならありえるかな、と思ったけれど、優しいのでそこまでのことは言わないんだろう。

「他の子と仲良くされても、甘やかしてくださるならそれでいいのです」

そう言って、スリスリと頬を俺の胸に擦り付けてきた。

それで溜飲が下がるということだろう。

つまり、仲良くされること自体はやっぱり嫌なようだ。

でも彼女がそれでいいと言っている以上は、俺も関係を遠ざけたりはしない。

したらしたで、彼女は気にしてしまうだろうから。

こういうところは、めんどくさい子なのかもしれないけれど――俺はそれが、逆にかわいく思えていた。

「俺もシャーロットさんを甘やかすの、大好きだよ。甘えてくるシャーロットさんかわいいしさ」

「～～～～～っ」

耳元で囁《ささや》くと、シャーロットさんは言葉にならない声を上げて、悶《もだ》えてしまった。

真っ赤にした顔を両手で押さえながら、いやいやと顔を左右に振る様は、見ていて嬉しい。

照れ屋な彼女はかわいいのだ。

「明人君は、わざと私を照れさせる、いじわるなところがあります……」

俺がからかっていると勘違いしたのか、シャーロットさんは顔を赤くしたまま、プクッと頬を膨《ふく》らませた。

かわいいの塊《かたまり》かよ、と思いつつ、俺は優しく頭を撫でてあやす。

「本当に思っていることだからね？」

「それはそれで、お恥ずかしいです……」

シャーロットさんは顔を隠すようにして、俺の胸に押し付けてきた。

耐えられなくなったようだ。

「シャーロットさんのことが一番大切ってことは変わらないし、一番かわいいと思っているからね」

「や、やっぱり、わざと照れさせようとしてます……！」

「違うってば」

ポカポカと叩いて抗議をしてくるシャーロットさんに対し、笑顔で対応をする。

こんなふうにじゃれ合うのはとても楽しい。

「では、エマと私、どっちがかわいいですか？」

仕返しのつもりなのだろう。

わざと俺を困らせる質問をしてきた。

「かわいいの意味が違うよ。エマちゃんは幼い子供や妹としてかわいいって感じで、シャーロットさんは恋愛対象の女性や彼女としてのかわいいだからさ」

「……ずるいです」

予《あらかじ》め用意していた答えを伝えると、シャーロットさんは唇を尖らせてしまった。

いつかエマちゃんに質問をされた時に、答えられるよう用意していたものだけど、まさかこんなふうに役立つとは。

まぁ何気に、シャーロットさんも気にしていたんだと思う。

「二人とも、俺にとっては凄《すご》く大切な子だよ」

「ありがとうございます……。私も、明人君のことをとても大切に思っていますから……」

シャーロットさんは照れたまま、熱っぽい目で俺の目を見つめてくる。

そして目を瞑《つむ》り、唇を差し出してきた。

――だけど俺は、キスをしない。

一度してしまうと彼女のスイッチが入ってしまい、話しどころではなくなるからだ。

「その前に、相談したいことがあるんだけど」

「…………」

「そ、そんな、悲しそうな顔しないでよ。すぐ終わる話だから」

シュンッと落ち込んでしまった彼女に対し、慌ててフォローを入れる。

いや、まぁ……キスする流れでしなかった、俺が悪いんだけど。

「もし、今すぐに世間から俺の悪評を上書きする手段があるとして、それでも俺がこのまま何もしないとしたら、シャーロットさんはどう思う？」

自分の中では既に答えが出ている問題だけど、彼女が関われてないことを気にしていたのもあり、彼女の気持ちを聞いてみた。

結構まじめな話だったからか、シャーロットさんは気持ちを切り替えたようで、笑みを浮かべる。

「あなたの意志を尊重します。きっと、それにもいろいろと訳がおありだと思いますので。私は、明人君がどんな道を選ぼうと、ついていきます。もう何度も言ってしまっている言葉ではあるのですが、困難が待っているのでしたら、二人で乗り越えていきましょう」

相変わらず彼女は、どんなことでも俺の味方でいる、という姿勢を取っているようだ。

絶対的な信頼を寄せてもらえるのは、素直に嬉しい。

その際に二人で乗り越えて――とわざわざ言ってきたのは、いい加減自分を頼ってくれ、という意味も込められているのかもしれないが。

「ありがとう、俺は自分の信じるやり方でやってみるよ。それと、これからはちゃんと相談するからね」

そう言って、不意打ちでシャーロットさんにキスをした。

彼女は一瞬驚いたように身を固くしたけれど、その後はすぐに体から力を抜き、俺に身を任せてくれるのだった。

◆

——それからは、彰《あきら》、理玖《りく》、香坂《こうさか》さん、清水《しみず》さん、美優《みゆ》先生、そして、花音さんや神楽耶さんの協力を得ながら、俺は動画作成に入った。

華凛は動画撮影とか苦手そうなので、声はかけていない。

シャーロットさんに関しては当事者の一人なので、動画には出てもらわず、俺のサポートをしてもらっている。

影響力を考えて、二階堂《にかいどう》さんにも声をかけようかと悩んだが、彼女は俺のことをまだよく知らないので、今回はやめておいた。

同じ学校の面々による撮影は、教室でよかったので楽だったけれど、花音さんや理玖相手にはこちらが出向かないといけなかったので、ちょっと大変だった。

まぁ一番大変だったのは、慣れない動画編集だったけど。

そして、動画が完成すると――花音さんに協力してもらい、俺とシャーロットさんは姫柊《ひめらぎ》社長のもとへと乗り込んだ。

エマちゃんは、騒がないようお母さんに預けてもらっている。

これで、準備万端だ。

「――わざわざ彼女を連れた状態で会ってくれとは、いったいなんなんだ？　土曜日とはいえど、私には仕事があるんだが？」

俺たちの前に座っている、口髭《くちひげ》を生やしたオールバックの男性――姫柊社長は、とても不機嫌そうに俺たちを見据えてくる。

向こうからしたら邪険にしてくるのは当然なのだろうけど、ここまであからさまに態度に出されると、心の中で黒いものが沸いてしまう。

「お父様、仮にも息子に対して、そのような態度はどうかと思いますが？」

俺の右側に座っている花音さんが、物言いたげな表情を父親に向ける。

今回座り順としては、俺が真ん中に座り、右に花音さん、左にシャーロットさん、そして、姫柊社長が俺の正面に座っていた。

もちろん、ドアから遠い上座に座っているのは、姫柊社長だ。

そんな姫柊社長は、鼻で笑って俺を見下すように見てくる。

「はっ、息子？　まだ姫柊の一員としては認めていないだろ？」

「…………」

煽《あお》るようにして言ってくる姫柊社長に対し、シャーロットさんが何かを言いたそうに表情を変えた。

それを見逃さなかった俺は、シャーロットさんの手を取る。

そして無言で首を振り、シャーロットさんの怒りを制した。

ここで感情的になっては駄目なのだ。

感情的になればなるほど、姫柊社長の思い通りになってしまう。

今挑発してきているのは、俺たちに失言させようとしたり、シャーロットさんの態度に難癖《なんくせ》をつけて、俺たちを引き離す狙いがあるはずだ。

わざわざ乗ってやる必要はない。

それがわかっている花音さんは、深呼吸をして、姫柊社長を見つめる。

「本題に入りましょう。今回、明人の悪評などがＳＮＳで広まっていることは、お父様も知っておられますよね？」

「ふん、興味がないな」

「そのようにおっしゃってよろしいのでしょうか？　全ての元凶は、お父様でしょう？」

俺の悪評は主に、中学時代にあった全国大会の出来事に関してだ。

そしてその出来事を生んだのが、目の前で余裕な表情をしている、姫柊社長である。

俺や彰、花音さんの人生を狂わせたのは、彼だと言っても過言ではない。

「私は、明人を引き取る対価を貰《もら》っただけだ。なんの問題がある？」

「引き取る対価を貰った？　違いますよね？　元から明人を利用しようと思って、引き取ろうとしただけではありませんか？　わざわざ、明人が暮らしていた児童養護施設を、潰すまでして」

「えっ……？」

突然知らなかった情報が出てきて、俺は戸惑いながら花音さんを見る。

「タイミングが良すぎたのでおかしいと思い、過去に調査していたのです。案《あん》の定《じょう》、あの施設のオーナーとお父様は関わりがあり、圧力をかけていたことがわかりました」

どうしてその可能性を考えなかったのだろう？

確かに言われてみれば、あまりにも姫柊社長にとって、都合よく事が動きすぎていた。

利用価値があるから俺を引き取ったのだと思っていたが、最初から自分の取引に利用しようと俺に目を付けていて、俺の居場所をなくすことで自分の手駒《てごま》にしたというわけか。

どこまでも卑劣《ひれつ》な男だ……。

「だとしたら、どうする？　私を訴えてみるか？」

悪事がバレても、姫柊社長は余裕な姿勢を崩さない。

大手財閥《ざいばつ》の人間を訴えたところで、こちらが負けることは目に見えている。

そんな無謀《むぼう》なことをするつもりもなければ、する必要もない。

「私共も、そこまで愚かではありません」

「ふっ、だよな？　お前らは黙って私に――」

「――ですが、このまま泣き寝入りをするつもりもありません」

「何……？」

花音さんの言葉により、初めて姫柊社長は眉《まゆ》を顰《ひそ》めた。

「花音さん、ここからは俺に任せてください」

「そうですね、お願い致します」

前置きは済んだので、ここからは俺の出番だ。

俺はポケットからスマホを取り出し、姫柊社長に画面を向ける。

「なんだ、これは？」

「見て頂ければわかりますが、俺が友人たちに協力して撮ってもらった、動画になります」

これは、過去を知る理玖、過去と今を知る彰と香坂さん。

そして、今を知る清水さんや美優先生が、俺がどういう人間かを語っている動画だ。

最後には、メイドの格好をした神楽耶さんが、三年前の真実を話し、軟禁《なんきん》されている俺の映像を流すという形でしめている。

花音さんじゃなく神楽耶さんがその役をやっているのは、花音さんだと変に勘繰《かんぐ》る人間たちが出てくる可能性があるので、メイドの告発という形を取ってもらったからだ。

「ここには、俺の人柄を語ってくれる友人たちの証言と、あなたが三年前にしたことの、告発と証拠があります」

俺は余計なことは語らず、事実だけを告げる。

すると――。

「はっはっは、お前は馬鹿か!?」

姫柊社長は、高笑いをした。

「何がでしょうか?」

「たかだか、一学生が作った動画が何になる!? 皆が同情してくれるとでも!? 大手企業を敵に回して馬鹿な奴だな、と笑われるのがオチだ!」

「果たして、そうでしょうか?」

俺はスマホを弄り、動画サイトを開く。

「今回出演してくれた、一人です」

そう言って、理玖のチャンネルを見せる。

そこの登録者数の人数は、三百万人を超えていた。

「彼は動画配信をメインにしているわけではない、サッカー選手です。動画配信サイトだけを見てもこの人数のファンがおり、テレビ出演もしていることで、動画配信を見ない人たちにも多くのファンがいます」

「だから、どうしたというのだ？」

「わかりませんか？　ファンとは、よほどのことがない限り、良くも悪くも推しを擁護《ようご》してくれる人たちです。そして、推しが言った言葉なら、周りが何を言おうとも、信じてくれる人が多い世界なのですよ。それだけではありません。彼のファンには若い世代が多く、彼らならSNSであっという間に広めてくださるでしょう。今回、俺の悪評がすぐに広まったようにね」

俺は姫柊社長の目を見つめながら、丁寧《ていねい》に説明をしていく。

「そしてもう一つ。ネットで叩きたがる人間たちは、成功している人ほど叩きたくなる。海外でも名が知られているほどの姫柊社長の不祥事《ふしょうじ》や悪事を耳にすれば、喜んで叩きにくるでしょうね？　ましてや、私利私欲のために多くの学生たちを巻き込んだあなたのことは、世間が許さない。そしたらあなたは、会社のイメージを下げたとして、責任を取らざるを得ない状況になるでしょう」

ネットがどれだけ厄介《やっかい》か、そんなことは俺が身を以《もっ》て知っている。

そして注目を集めている今なら、多くの人間の目に触れさせることができ、同情で理玖のファン以外からも味方を得ることができるだろう。

それは、花音さんが決定的な証拠を持ってくれていたおかげと、神楽耶さんが雇い主を裏切ってまで俺たち側についてくれたおかげだ。

ただ、それだけではない。

理玖が多くのファンを獲得してくれているおかげで、どっちつかずの人たちが俺たち側に流れやすくなっているというのもある。

どっちつかずの人たちは、周りの意見を様子見しているので、多くの人間が言っていることに流されやすいのだ。

正直理玖がいなければ、いくら証拠を持っていようと、姫柊社長の言った通り同情などされないだろう。

しかし俺たちにこれだけの有利な条件がそろっている以上、世間にこの動画が出れば、姫柊社長は今の地位が危うくなる。

「つまり、私を脅《おど》そうというわけか？」

姫柊社長は眼を鋭くし、俺を睨《にら》みつけてくる。

「いいえ、交渉です」

「交渉だと？　はっ、どうせその要求とやらをこちらが呑《の》んだところで、目的を達成したらお前は動画を公開するつもりだろ？　そうしなければ、今の悪評を消す手段がないのだからな。ならば話を聞く必要はない」

姫柊社長は、自己完結をして勝手に話を終わらせようとする。

俺が約束を守る必要がなくなれば、保身のために公開すると言いたいようだ。

「……それはそうと、わかっているのか？　お前がしようとしていることは、花音をも傷つけることになるぞ？」

　てっきり、俺が動画を公開すると決めつけているかと思ったが、姫柊社長は試すような目で俺を見てきて、ニヤッと笑みを浮かべた。

　まるで、俺の弱みを見つけたかのように。

「幼い頃から、自分の小遣いでお前の面倒を見ていた人間を、裏切るというわけだ。本当にそんなことが、お前にできるのか？」

　中学時代、俺に関してはかなり調べたのだろう。

　その際に俺がどういう人間か理解をしており、花音さんを持ち出せば、要求を呑まなくても動画を公開するはずがない、と高を括《くく》ったようだ。

　……まぁ、昔の俺ならそうだっただろうな。

　こうなると、先程言っていた《どのみち公開するだろうから、交渉する気がない》みたいなことは、単なる揺さぶりかもしれない。

「生憎《あいにく》、俺も花音さんも覚悟を決めてここに来ています。交渉がうまくいくなら、俺は自分の悪評が広まっていることには目を瞑《つむ》るつもりですし、逆に交渉がうまくいかないのなら、遠慮《えんりょ》なくこの動画を公開しましょう。たとえ、花音さんを困らせることになろうともです。俺が一番大切なのは、シャーロットさんとの未来ですので、そのためなら手段を選びませんし、悪評なんて気にしません」

お世話になっているところに弓を引いていいのか――については、散々悩んだ。

悩んだ上で、シャーロットさんとの未来を守るために、俺は弓を引くことにしたのだ。

そこに花音さんの後押しがあった以上、今更俺が迷うことはない。

悪評に関しても、シャーロットさんとの未来が守れるなら、甘んじて受け入れよう。

幸い、学校の生徒たちは味方についてくれているようだし、防犯などに関しては花音さんと相談済みだ。

何より、世間に何を言われようと俺はちゃんと向き合い、シャーロットさんと二人で乗り越えていくつもりでいる。

何も、恐れることはないのだ。

「ふむ……では、交渉とやらの内容を聞こうか」

俺が折れないと判断したのか、姫柊社長は目を瞑って背もたれにもたれる。

やっと、話を聞く気になったようだ。

「お願いすることは二つです。まず一つ目は、今後俺やベネット家、そして花音さんに干渉しないでください。もちろん、許嫁《いいなずけ》などの勝手に決めていることは全て白紙に戻して頂きます」

これは絶対に必要なことだ。

姫柊社長なら、俺だけでなく、ベネット家に干渉しようとしてもおかしくない。

ましてや、花音さんは父親ということもあり、従わざるを得なかっただろう。

だから、俺たちに干渉しないということを、姫柊社長に約束させなければならなかった。

そのために、動画をすぐに公開するのではなく、交渉材料にしたいと花音さんに相談したのだ。

許嫁の話に関しては、俺のほうはまだ候補が出ているだけだが、花音さんのほうは決まっていたらしい。

既に許嫁がいるようだが、花音さんは相手のことをよく思っていないそうなので、結婚をするつもりもないそうだ。

どうやってでも、ここで白紙にさせてもらう必要がある。

「そしてもう一つは、神楽耶さんにも手を出さないでください」

今回神楽耶さんが協力をしているのは、姫柊社長の目から見ても明らかだ。

ましてや、神楽耶さんは昔から花音さん一番の考えだった人間なので、そのことを姫柊社長はよく思っていないらしい。

神楽耶さん自身の能力が高いことや、昔から仕えてくれている優秀な家系ということで手を出さないそうだが、今回の件を根に持って、神楽耶さんに何か仕掛けないとも限らないのだ。

そこもちゃんと、封じておく。

「この二つさえ約束して頂ければ、俺たちはこの動画を公開しません」

「なるほど、な……」

姫柊社長はそう言って、黙り込んでしまう。

そこまで大きなものを俺たちは要求していない。

当たり前にある権利を、主張しているだけなのだ。

これなら、姫柊社長にも大きな打撃を与えるわけではないので、認めてくれそうだが――。

「私も、舐《な》められたものだな」

やはり、そううまくはいってくれないようだ。

「どうやら、私が目的のためなら手段を選ばない人間だということを、忘れているようだな。交渉をするなら外でするべきだった。この屋敷にいて、無事に帰れると思うなよ?」

俺たちを言いくるめられない。

そう判断をした姫柊社長は、実力行使に出るようだ。

両手をパンパンッと叩き、どこかに合図を送ったのだと思う。

執事が大量に押し寄せてくるか――。

そう思ったのだけど……。

「――あなたこそ、忘れていませんか? その子が、誰の娘なのかということを」

部屋に入ってきたのは、銀色に輝く綺麗《きれい》な髪を長く伸ばし、人懐っこさが滲《にじ》み出るかわいらしい笑みを浮かべた、美しい女性だった。

その女性は、可憐《かれん》さが窺《うかが》える上品な仕草で俺たちに近づいてくる。

何より、このスゥッと透き通った聞き心地のいい声には、聞き覚えがあった。

「お姉、さん……？」

彼女は――俺が幼い頃お世話になったお姉さんに、間違いなかった。

俺の記憶にある顔や声よりも、少しだけ歳《とし》を感じさせる。

しかし、それでもまだ全然若く見えた。

だけど、シャーロットさんの次の一言で、俺に衝撃が走る。

「お母さん……？　なんでここに……？」

「――っ!?」

お母さん……？

ということは、お姉さんがシャーロットさんのお母さんなのか……？

その言葉をきっかけに、俺の中で今まで不思議だった部分が、全て繋《つな》がり始める。

どうして、シャーロットさんを憧れの女性とソックリだと思ったのか。

どうして、シャーロットさんは育ちが良さそうなのに、俺と同じマンションに住んでいるのか。

どうして――花音さんのようなお嬢様が、幼少期に俺に声をかけてきたのか。

どうやら俺たちは、花音さんとお姉さんの手のひらで、踊らされていたようだ。

「大きくなったわね、明人君」

お姉さん——いや、シャーロットさんのお母さんは、ニコッと笑みを向けてきた。

俺は戸惑いつつも照れくさくなり、思わず視線を外してしまう。

逆にシャーロットさんは、驚いたように俺と母親の顔を交互に見始めた。

「いえ、お久しぶりです……」

「ほんと、久しぶりね。まぁ積もる話はあるし、説明しないといけないことも沢山《たくさん》あるのだけど……先に、一つだけ言っておくわね」

シャーロットさんのお母さんは、そう言いながら俺の前に来る。

そして、俺の頬《ほお》にソッと手を添えてきた。

「約束を守りにきたわ。十年近くかかっちゃったけどね」

そう言って、シャーロットさんのお母さんはニコッと笑みを浮かべる。

だけど俺は、照れくさくて顔を見ることができない。

「もう、忘れてるのかと思ってましたよ……」

「忘れるわけないでしょ。あなたとした、大切な約束なんだから」

俺は胸や目頭《めがしら》が熱くなるのを感じながらも、なんとか我慢する。

まだ、気を緩《ゆる》めてはいけないからだ。

「さて、話したいことは山積みなのだけど、まず終わらせないといけないことがあるわね」

シャーロットさんのお母さんは立ち上がり、姫柊社長の顔を見る。

姫柊社長の表情は、先程までの勝ち誇った表情ではなく、明らかに焦燥《しょうそう》感が窺える動揺《どうよう》したものに変わっていた。

お姉さん、いったい何者なんだ……？

「姫柊社長、まさかとは思いますが、私のかわいい娘に手を出そうとなされましたか？」

「ま、まさか、そんなわけがないでしょう。私はとんでもないことを言っている、娘や息子を叱《しか》ろうとしただけですよ」

よほどシャーロットさんのお母さんを恐れているのか、あの傲慢《ごうまん》な社長が下手に出ている。

俺のことを《息子》と取り繕《つくろ》ってまで、取り入りたい相手らしい。

「そのようには見えませんでしたが？　それと、実は私も、姫柊社長に見て頂きたいものがあるのですよね」

シャーロットさんのお母さんは、俺と同じようにスマホを操作して、姫柊社長に見せつけるように掲げた。

《――あぁ、あぁ、覚えているさ。そんな話が聞きたいだなんて、ベネット社長も見かけによらないなぁ》

《ふふ、私だってそういった世間話には興味がありますのよ？　姫柊社長とどのような取引をなさったのですか？》

おそらく動画を見せているのだろう。

聞こえてくるのは、野太い男の声とシャーロットさんのお母さんの声だ。

そして、みるみるうちに姫柊社長の顔が青ざめていく。

多分タイミングなどを考えると、俺のことを取引に利用した際の、取引相手のようだ。

もちろん、動画が流れ続けると、どういう取引が行われたのか、というのを全て相手が打ち明けてくれた。

こんなにベラベラと相手が話すなんて、彼女は聞き上手《じょうず》のようだ。

「仲良くさせて頂くのに苦労しましたが、気を許して頂いた後に三年前の件をお尋ねすると、楽しそうにいろいろと教えてくださいましたよ――動画を撮られてるとも気付かずに。この証拠も合わされば、明人君の動画の信憑性《しんぴょう》はかなり上がることになり、同時にあなたの信用はこの男性もろとも、地に落ちるでしょうね」

シャーロットさんのお母さんは、容赦《ようしゃ》なく姫柊社長を追い込んでいく。

まるで、仕事ができるキャリアウーマンみたいだ。

「シャーロットさんのお母さんには、お父様も下手《へた》に出られないのです。大口の取引先で、立場はこちらのほうが下ですからね」

二人の様子を観察していると、花音さんがコッソリと教えてくれた。

道理で姫柊社長が焦っているわけだ。

それにしても――姫柊財閥《ざいばつ》のほうが下ということは、シャーロットさんのお母さんってかなり大きな企業の社長ってことか……？

となると、シャーロットさんは凄《すご》いお嬢様ってことに……。

俺はシャーロットさんのほうを見る。

彼女は戸惑ったように母親を見ていたが、俺に気付いてこちらを見ると、繋いでいる手に力を込めてきた。

状況がよくわかっていないし、不安になっているのだろう。

これで彼女が安心してくれるなら、好きにさせておこうと思った。

「どうなさいますか？　私共と徹底的にやりあうか、それとも明人君の条件を呑《の》まれるか。お好きなほうを選んでくださって結構ですよ？」

シャーロットさんのお母さんは、笑みを浮かべて姫柊社長の返事を待つ。

この人もなかなか悪魔だな、と思ったけれど、今は俺たちの味方なので、黙って事の成り行きを見守る。

「……いいでしょう、条件を呑みます」

そして、シャーロットさんのお母さんまで俺たち側に付くのは分が悪いと判断したようで、姫柊社長は折れてくれたのだった。

「――もちろん、明人に誠心誠意謝ってくださいね？」

そんな花音さんの一言で、屈辱《くつじょく》にまみれたような顔で姫柊社長が頭を下げてきた、というのはここだけの話だ。

第七章「重なり合う偶然は必然」

「――えっ、シャーロットさん、花音《かのん》さんに会ってたの……？」

話し合いが終わり、花音さんの部屋に移動した俺は、衝撃的な事実をシャーロットさんから聞かされていた。

ちなみに、花音さんは姫柊《ひめらぎ》社長とまだ話があるというので、残ってもらっている。

誓約書はしっかりと書いてもらったし、神楽耶《かぐや》さんが付いているから大丈夫というので、俺とシャーロットさん、そして彼女の母親だけ先に、花音さんの部屋に来たのだ。

「はい、明人《あきひと》君にこれ以上負担をかけたくなくて、隠していました……」

「まぁ俺が先にしてたことだし、言えたことじゃないけど……」

花音さんが言っていたお互い様とは、このことか。

確かにシャーロットさんを連れてきていれば、彼女の母親と花音さんの繋《つな》がりに気付けただろうし、シャーロットさんが話してくれていても同じく気付けていた。

ただ、その段階でわかったとしても、これ以上状況が好転することはなかったと思う。

だから花音さんも隠して、《お互いちゃんと話してないから、こうなるんですよ》というのを俺たちにわからせてくれたのだろう。

何か大きな問題が起きる前に気付けてよかった、本当に。

「これからはお互い隠し事なしでいこうか」

「はい、ごめんなさい……」

「お互い様だから、謝らないで」

こうして、シャーロットさんが花音さんの件を隠していたことは、決着した。

もう後から掘り返したりはしない。

「うんうん、隠し事は良くないわよね」

「……お母さんが言うのは、おかしいと思う」

満足いったようにシャーロットさんのお母さんが頷《うなず》いていると、シャーロットさんがジト目を母親に向けた。

滅多《めった》に見ないレアな表情で、写真を撮っておきたくなる。

「まぁそれもそうなんだけどね、私たちにもいろいろと都合があったのよ」

いったいどんな都合なのか——それは、これから話してもらえるらしい。

「お姉——シャーロットさんのお母さん、エマちゃんはどうしたんですか？」

危うく昔のようにお姉さんと呼びかけたけど、訂正《ていせい》してからエマちゃんのことを尋ねる。

シャーロットさんは母親に預けてきたと言っていたので、一緒にいないのが気になった。

「お姉さんでいいわよ？」

「私が嫌だからやめてください」

お姉さんが笑顔で首を傾《かし》げると、シャーロットさんが辛辣《しんらつ》な感じで拒否してきた。

まぁ、彼氏が母親をお姉さんなんて呼んでいると、複雑なのだろう。

「ロッティー、自分が若いからって酷《ひど》いと思うわ」

「何も酷くないよ」

シャーロットさんが日本語でタメ口を話しているところは、とても新鮮だ。

俺に対しても、タメ口を使ってくれたらいいのだけど……。

「はぁ……私は本当にお姉さんでいいのだけど、ロッティーがうるさいから仕方ないわね。多分名乗っていなかったと思うから、改めて自己紹介するわ。ロッティーとエマの母親の、ソフィア・ベネットです。よろしくね」

「あっ、はい……それでは、ソフィアさんとお呼びしたらよろしいですか……？」

「なんなら、お義母《かあ》さんでもいいわよ？」

「お母さん!?」

ソフィアさんがおどけて言うと、シャーロットさんが顔を真っ赤にして驚いた。

まぁ、とんでもない発言ではあるよな……。

「何よ、そんなに大声を出して？」

「だって、気が早すぎるよ……！」

「そうかしら？」

ソフィアさんはキョトンとした表情で首を傾げる。

シャーロットさんの天然は、この人譲《ゆず》りか。

「……あ～、そっか。そうね、あなたたちはまだピンッと来てないものね」

なんだか、ソフィアさんは自分一人で納得したようだ。

俺たちがピンッと来てないとは、どういうことだろう？

「どこから話そうかしら――の前に、明人君の質問に答えてなかったわね。エマは、花音ちゃんの布団の中で寝ているわよ」

ソフィアさんは白いカーテンのついた、豪華なベッドを指さす。

見れば、布団の一部がモッコリと盛り上がっていた。

布団の中にもぐって寝ているようだ。

念のため、丁寧《ていねい》に布団をめくってみる。

すると、スヤスヤと気持ちよさそうに寝ているエマちゃんがいた。

姫柊社長に何かされてなくて、よかったと思う。

「このまま寝かせておいてあげましょう」

「そうね、起きちゃうと話ができないかもだし」

ソフィアさんの言う通り、起きるとエマちゃんの相手をしないといけなくなるので、今は寝かせておいたほうがいいだろう。

何より、こんなにも気持ちよさそうに寝ているのに、起こしてしまうのは可哀想《かわいそう》だ。

「さて、本当にどこから話したものかしら……」

「私は、聞きたいことが沢山《たくさん》あるんだけど……？」

顎《あご》に手を添えて考える母親に対し、シャーロットさんが物言いたげな目を向ける。

まぁシャーロットさんも、複雑なんだと思う。

母親が彼氏と元から知り合いだったり、彼氏を嵌《は》めた財閥《ざいばつ》の人間と知り合いだったり、社長だったりと――うん、いろいろ聞きたいことは多いだろうな。

「そうね、時系列順に話したほうが早いかしら。もうロッティーも気付いてると思うけど、私は明人君が幼い頃に出会ってるのよ。一時期、本当の息子のように毎日遊んでいたわ」

それを聞いたシャーロットさんは、拗《す》ねたような目を俺に向けてくる。

なぜか、ヤキモチを焼いているようだ。

……うん、なぜだ。

「幼い頃に会ってるんだから、やましいこととかは一切ないよ……？」

一応俺は、フォローしておく。

「そうですが……私は明人君の幼い頃を知らないのに、お母さんが知っているというのはちょっと……」

どうやら、自分が知らないのに母親が知っているのが嫌なようだ。

本当に、この子は……。

「ロッティーって、ほんと独占欲強いよね」

「──っ!?」

俺が思ったことをソフィアさんが言うと、シャーロットさんの顔は一瞬で赤くなった。

図星だったようだ。

「だ、誰だって、恋人の幼い頃は知りたいと思うもん……!」

シャーロットさんは顔を赤く染めたまま、拗ねたように反論する。

ちょっと子供っぽくてかわいい。

「あなたの場合、ヤキモチ焼いてるでしょ？　知りたいって欲求だけじゃないわ」

「もう、なんでそんないじわるを言うの……！」

こんなシャーロットさんは新鮮だ。

本人には悪いけれど、見ていて楽しい。

やっぱり、俺の彼女はかわいすぎる。

「別にこんなのをいじわるとは言わないけど……。あまり大きな声出すと、エマが起きて暴れるからやめてね」

「あっ……」

指摘されると、シャーロットさんは恥ずかしそうに身を縮める。

チラッと俺の顔を見てきたのは、良くないところを見せたと思っているのかもしれない。

「仲が良さそうでよかったよ」

「うぅ……お恥ずかしいです……」

シャーロットさんはそう言うと、俺の服の袖《そで》を指で摘《つ》まんできた。

顔は俯《うつむ》いており、耳まで真っ赤だ。

「仲がいいのは、二人のほうみたいだけどね」

俺たちの様子を見ていたソフィアさんは、優しい笑みを浮かべた。

話し方とかは少し変わっているけれど、昔と変わらず優しい人のままなのだろう。

「じゃあ、話に戻るわね。明人君、あの約束って話してもいいかしら？」

「約束……？」

シャーロットさんが不思議そうに俺の顔を見てくる。

先程の、姫柊社長の部屋に入ってきた時も言っていたのだけど、あまり気にしてなかったのかもしれない。

「もちろん、大丈夫ですよ」

「ありがとう」

ソフィアさんはそうお礼を言ってくると、シャーロットさんに視線を向けた。

「さっきも言ったけど、私は明人君のことを、本当の息子のように思ってた。だって、歳《とし》もロッティーと同じだったんだからね。だけど――私はイギリスに家族を残しているし、仕事もあって日本に残るわけにはいかなかったから、明人君を引き取ることもできなかった。だから日本を離れる時に、約束したの。明人君が大きくなったら、家族として迎えに来るって」

――そう、それがお姉さんとしていた、大切な約束だ。

「もしかして、お母さんが日本に来た本当の理由って……」

「うん、明人君を迎えに来たの。まぁ、岡山にある部署で仕事をしてるってのは、本当だけどね」

仕方なさそうに笑いながら、ソフィアさんは小首を傾げる。

俺が子供の時は仕事で来ていたはずだから、本当に部署は日本にもあるのだろう。

さすがに、そこで嘘をつく意味はないはずだ。

わざわざ俺のために、ソフィアさんが日本に来てくれたことは、正直凄《すご》く嬉しい。

しかし、それなら疑問が出てくる。

「日本に来られて、すぐに会ってもらえなかった理由はなんでしょうか？」

シャーロットさんが日本に来てから、随分《ずいぶん》と月日は経っている。

わざわざ隣の部屋に住んでいるのに、会ってもらえなかった理由が気になった。

「ん～、そこ話しちゃうと、いろいろと脱線しないといけなくなるんだけど……」

ソフィアさんは、人差し指を口に当てながら、小首を傾げる。

そのポーズをかわいらしく感じてしまったのだけど、シャーロットさんが物言いたげな目を向けてきたので、笑顔で誤魔化《ごまか》しておいた。

「簡単に言うと、ロッティーと明人君に仲良くなってもらうためだね。そこに、私は邪魔だったの」

俺たちの目だけのやりとりには気付いていないのか、それとも気にしていないのかはわからないが、ソフィアさんは人差し指を立てて、笑顔で教えてくれた。

しかし、やはり疑問は出てくる。

「邪魔って……むしろ、ソフィアさんが仲介してくださったほうが、俺たちも仲良くなれるのでは……？」

「それはないよ。そんなことしたら、ロッティーは明人君と一定の距離を保ち続けたと思う。この子って、こう見えて男の子を怖がってるところがあるからね。態度には出さないけど」

母親の言葉により、シャーロットさんはバツが悪そうに目を逸《そ》らす。

図星なのだろう。

なるほど……だから俺たちが、自然に仲良くなるようにしたかったというわけか。

となると、もしかしたら――。

「夏休み明けの初日、エマちゃんが迷子になったのは……事故ではなく、仕向けられたものだったんですね？」

「えっ!?」

俺が言った言葉に対し、シャーロットさんは驚いたように俺の顔を見てくる。

だけど、ソフィアさんは驚いていなかった。

むしろ、仕方なさそうに笑っている。

「どうしてそう思うの？」

「シャーロットさんが男子と距離を取るというのは、学校で見ていてもわかります。しかしそれは、隣に住んでいても同じでしょう。放っておけば、俺とシャーロットさんは挨拶《あいさつ》しか交わさない関係になる。それを黙って見ているとは思えなかったんですよ」

だから、俺たちの仲が近付くイベントを用意した。

ソフィアさんはともかく、花音さんならやりかねない。

そう思ったのだ。

もちろん、俺やシャーロットさんが気付いていなかっただけで、エマちゃんの安全が第一に考えられていただろうけど……。

「何より、シャーロットさんと俺は帰るタイミングが違っただけで、同じ帰路を辿《たど》っていました。それなのに、シャーロットさんはエマちゃんとすれ違い、俺がエマちゃんと鉢合《はちあ》わせしたってのが、引っかかっていたんですよね」

エマちゃんが迷いながら道を逸れてしまい、そのタイミングでシャーロットさんが通り過ぎてしまった、という可能性は考えられる。

しかし、エマちゃんは大泣きをしていたし、シャーロットさんは常人離れしたレベルで耳がいい。

本当にすれ違っているのなら、彼女が気付かないはずがないと思った。

「……凄いね、明人君の言う通りよ。私たちは、わざとエマがロッティーを探しに出るように仕向けた。もちろん、不自然に見えない格好をした数人で、エマの周りは常に囲って守ってたけどね」

つまり、俺がエマちゃんを見つけた時いた周りの人間たちは、英語がわからないからエマちゃんに声をかけないのではなく、俺が現れるのを待っていたわけだ。

わざわざ戸惑っている演技までして、手の込んだことを……。

そしてこの件は、学校にも協力者がいたことになる。

「…………」

俺が考え事をしている隣で、明らかにシャーロットさんが、不機嫌になっているのがわかった。

幼いエマちゃんを利用したことが気に入らないのだろう。

俺も同じ気持ちだ。

いくら俺とシャーロットさんが仲良くするためとはいえ、幼い子をダシにされて思うところはある。

だけど――ソフィアさんや花音さんだって、俺と同じ考え方の人間なのだ。

エマちゃんを使うことに葛藤《かっとう》があったのは、言葉にしなくてもわかる。

きっと、シャーロットさんが男に心を許すのは、大切な妹を守ってくれた相手しかいない、と考えていたのだろう。

ソフィアさんが平然と今話しているのは、責められても仕方ないと受け入れているからだ。

だったら、文句なんて言えるはずがない。

「もう一つ、お聞きしてもいいですか？」

「うん、なんでも聞いて。答えられることは答えるから」

「美優《みゆ》先生――俺とシャーロットさんの担任の先生と、いつから知り合いだったんですか？」

俺はまっすぐソフィアさんを見つめる。

その質問によって、彼女は困ったように笑い、シャーロットさんは質問の意図がわかっていない様子だった。

「まったく……君も、困った質問をしてくれるね……。花澤《はなざわ》先生がこの一件に関わっていた、と確信してるような言い方じゃない」

「もともとは気にも留めていませんでしたが、今では確信しています。なんせ、エマちゃんを確実に俺だけに会わせるには、学校側に協力者がいないといけなかったのですから」

何より、美優先生は自分から、花音さんと繋《つな》がりがあることを教えてくれていた。

いつから繋がっていたかにもよるが——おそらく、その段階よりも前から繋がっていて、協力をしたはずだ。

「どういうこと、ですか……?」

シャーロットさんは戸惑いながら聞いてくる。

彼女はあまり他人を疑わないので、わからないのだろう。

「簡単なことだよ。シャーロットさんはエマちゃんがいなくなった日以降、もう絶対に一人で外へ出ないよう、対策をしていたよね?」

「はい、そうですが……」

そう、普通は同じ過ちを繰り返さないよう、対策をするのだ。

「つまり、エマちゃんを誘導できるのは一回きりで、失敗が許されないことだったんだよ。その一回で俺に会わせられなければ、次回以降はシャーロットさんに対策される。もちろん、それでもエマちゃんを外に誘導することは不可能ではないけれど、さすがにそこまでしてしまうと、シャーロットさんが人為的なことに気付いてしまう。だから、学校側に協力者を用意しておいた。俺はあの日、美優先生に罰だと言われて、資材室の整理をさせられていたんだよ」

それで、シャーロットさんとの下校タイミングがずれた。

何より、美優先生は俺が、エマちゃんを連れてくるとわかっていた様子だった。

妹がいなくなっているとシャーロットさんから連絡があり、銀髪の幼女を連れている俺を見かけたから、ピンッときてシャーロットさんに連絡した――と彼女は言っていたが、そもそも美優先生の性格だと、シャーロットさんから連絡が来た時点で、他の先生に共有した後彼女のもとに向かっている。

それなのに、職員室に留まっていたことがおかしい。

だから美優先生はわかっていたはずだ。

待っていれば、俺がエマちゃんを連れてくると。

おそらく、俺がエマちゃんを保護した時点で美優先生に連絡は行き、タイミングを見てシャーロットさんに連絡したのだろう――というのが、俺の推測だった。

「美優先生にお願いしたんですよね？　俺を引き留めて時間を稼《かせ》いでほしいって。だけど、あの人が親しくない人を信頼して、言う通りにするとは思えません。ですから、元から知り合いだったのではないですか？」

「…………」

ソフィアさんは、観察するようにジッと俺の顔を見つめてくる。

そして――。

「本当に、明人君は凄《すご》いわね……。立派になったものよ」

俺の推測が合っていると言うかのように、彼女は仕方なさそうに笑った。

「先に一つ言っておくわね。花澤先生が協力してくれたのは、それが明人君のためになるとわかってくれたからよ。決して、私たちが知り合いだったのが理由じゃないわ」

彼女はそう前置きをすると、仕方なさそうな笑顔のまま、言葉を紡《つむ》いだ。

「それともう一つ。私は花澤先生を知っていたけれど、別に親しいと言えるほどの仲ではなかった。彼女にも、いろいろと事情があるからね。だから、今回花澤先生にお願いしたのは、花音ちゃんのほうよ」

ということは、美優先生と繋がりがあるのは花音さんというわけだ。

美優先生も花音さんのほうの名前を出していたし、下の名前で呼んでいる時点で、それだけ親しかったということだろう。

彼女がファーストネームで呼ぶのなんて、シャーロットさんくらいだからな。

「一つ、そこには疑問がありまして……。俺は、幼い頃から花音さんとほとんど一緒にいました。それこそ毎日、施設に帰らないといけない時間になるまでは、一緒にいたくらいです」

勉強や習い事の際でも、花音さんは俺を一緒にいさせた。

そのため、子供の時はほとんど離れていないのだ。

考えられるのは、俺が施設に帰っている夜から朝にかけての時間で会っているということだが――彼女から、そういう話は聞いたことがない。

「いったい、いつから知り合いなのでしょうか……？」

「ん～、まぁその辺は私が気軽に言っていいことじゃないし、花音ちゃんや花澤先生も話しづらいことだろうから、触れないほうがいいと思うわ」

どうやら、そちらにも重たい事情がありそうだ。

俺に今の高校を勧めてきたのは、花音さんだった。

一番ノルマを達成しやすい環境で、地元から離れた場所だから知人も少ない、と説得されたのだ。

彰《あきら》は、俺たちの地元から電車で一時間かけて通っているし、香坂《こうさか》さんもだいたい同じくらいの時間をかけて、通っているはず。

そういうことをしないと通えない場所だから、同じ中学の生徒はほとんどいない――ということで、俺は今の高校へ入るよう言われた。

だけどそれは全て建前《たてまえ》であり、本当は美優先生が教師をしている高校だったから、花音さんは勧めてきたのだろうか……？

さすがに、考えすぎか……？

「話、戻そうか。無理矢理二人の仲を取り持とうとしたのは、勝手なことをしたと思ってるわよ。でも、私たちは二人のためになると考えてた。それだけは信じてほしいの」

ソフィアさんは力なく笑ったまま、俺とシャーロットさんの顔を見てくる。

その言葉が嘘ではないことは、さすがにわかった。

「それについては、疑ってませんが……」

チラッとシャーロットさんの顔を見る。

やはり、彼女は不満そうに母親の顔を見つめていた。

それを言葉にしないのは、俺たちの会話の邪魔になると思って、呑《の》み込んでくれているのだろう。

「なかなか家に帰らなかったのも、俺たちのためだったんですか？」

「私が帰ると、二人が明人君のところに遊びに行けなくなるでしょ？　特にロッティーは、男の子の部屋に遊びに行くなんて、言えない子だし」

シャーロットさんはシャイだ。

きっと母親の目があったら、俺の部屋には来づらかっただろう。

何より、遅くまで俺の部屋に居座るなど、まずできない。

そういう理由があって、ソフィアさんは帰らないようにしていたようだ。

それにおそらく、俺たちの仲が深まる前にソフィアさんが俺と鉢合わせをして、全てが人為的なものだったとバレるのを避けたのだろう。

もし人為的だったとわかれば、少なからず俺とシャーロットさんの間に、溝《みぞ》が生まれているだろうから。

「質問ばかりして申し訳ないですが……シャーロットさんも、エマちゃんも寂しい思いをしていたと思います。それに関してはどう思っていたんですか？」

ソフィアさんの行動理由はわかった。

しかし、そこにシャーロットさんたちの気持ちが入っていない。

どうして、娘たちの気持ちを蔑《ないがし》ろにしてまでやったのか――シャーロットさんが許せるかどうかは、それ次第だろう。

「明人君がその穴を埋めてくれると思っていたし、寂しさを感じる分それを埋めようと、別の何かを求めるでしょ？」

つまり、よりシャーロットさんとエマちゃんが俺を求めるようになる、という計算か……。

「そこまでして……どうして俺たちをくっつけたかったんですか？　何か理由があるんですよね？」

彼女たちの思惑はなんとなくわかる。

だけど、タイミングが解せない。

何より、彼女たちがやったことは、急《せ》いているように見えた。

まるで、すぐにでも俺たちをくっつけないと駄目だ、という感じにだ。

だからこそ、強引な手段をいくつも使ったのではないかと思う。

「くっつけたかった理由としては、明人君との約束を果たしたかったからよ。あなたを息子として迎え入れるために、自然な形を選んだの」

ソフィアさんは悪びれるわけもなく、優しい笑顔で答えてくれた。

力ない笑顔ではなかったので、これは仕方がないと思っていないようだ。

「シャーロットさんの気持ちを、無視してまでですか？」

「もちろん、ロッティーの幸せについても考えてるわ。あなたがどういうふうに育っているかは、ずっと花音ちゃんに教えてもらってたからね。明人君ならきっとロッティーの力になってくれると思ったし、ロッティーも幸せになれると思ったのよ」

まるで確信を得ているかのように、ソフィアさんは自信満々に答えた。

表情などを見ている感じ、嘘を言っているようには思えない。

本気で、シャーロットさんの幸せも考えていたようだ。

つまりそれは、花音さんの発言を信用するだけの関係であったことを、意味する。

「何より――」

ソフィアさんは言葉をいったん止め、真剣な表情になった。

そして、ゆっくりと口を開く。

「ロッティーは、ずっとお父さんのことで苦しんでる。だから、明人君に助けてほしかった。当事者である私の言葉だと、いくら言ってもロッティーの心には届かなかったから」

言い終わったソフィアさんは、悲しそうに目を伏せる。

――あぁ、やっぱりそうだ。

ソフィアさんは、シャーロットさんを恨んでなんかいない。

むしろ、お父さんを自分のせいで死なせてしまったと気に病む娘を、どうにかしてあげたいと考えていたようだ。

俺は、自分のためだけにシャーロットさんが振り回されたんじゃないとわかったことと、何よりソフィアさんが、シャーロットさんのことをちゃんと想ってくれていたことに、ホッと胸を撫《な》でおろす。

チラッとシャーロットさんの顔を見ると、彼女は戸惑っていた。

無理もない……ここ最近はずっと、母親に恨まれているんだと思っていたんだから。

「お母さんは、私を恨んでないの……？」

恐る恐るという感じで、シャーロットさんはソフィアさんに尋ねる。

そんな彼女に対し、ソフィアさんはとても優しい笑顔で口を開いた。

「かわいい娘を恨むはずがないし、あの事故に関しては、娘を守ったお父さんのことを誇らしく思ってるわ。悪いのは信号無視をした車なんだから、ロッティーが気に病むことじゃないのよ」

そう答えた、母親の愛情のこもった温かい言葉により――シャーロットさんは、憑《つ》きものが落ちたかのような表情で、子供みたいに泣くのだった。

本当に、よかった。

第八章 「これからの未来について」

「大丈夫？」

泣いていたシャーロットさんが落ち着きだしたので、俺は声をかけてみる。

シャーロットさんが小さくコクリと頷《うなず》いたのを確認し、持っていたハンカチで涙を拭いてあげた。

「ありがとうね、明人《あきひと》君」

「いえ、これくらいは彼氏なので、当然のことかと」

「そうじゃなくて、ロッティーのことを沢山《たくさん》支えてくれたことよ。この子が今幸せそうにしてられるのも、あなたがいてくれたおかげだから」

それは少し違う気がする。

俺も、シャーロットさんに凄《すご》く支えてもらっているのだ。

一方的なものじゃなくて、お互いが支えあえているのなら嬉しい。

「俺もシャーロットさんがいてくれたおかげで前を向けましたし、彼女がいてくれるだけで幸せです」

　そう応えると、シャーロットさんが顔を赤くして俯《うつむ》いてしまった。

　どうやら照れてしまったようだ。

　だけど、服の袖《そで》をギュッと摘《つ》まんできたので、嬉しかったんだと思う。

「ふふ、いい関係ね。それじゃあ、花音《かのん》ちゃんが来る前にもう一つ大切なことを話させてもらおうかしら。明人君が気にしている、強引な手段を用いてまで急ぎ、あなたたちをくっつけようとした理由を――ね」

　そのことは疑問に思っていたけれど、言葉にはしていない。

　話の流れで、俺が気にすると見抜かれていたようだ。

「やはり、何か急がなければならない理由があったのですね？」

　そう聞きながらも、一つ心当たりはある。

　許嫁《いいなずけ》の件だ。

「うん、それが今回の始まりだった。正直言うとね、明人君には悪いけど、私は花音ちゃんにあなたのことを任せようと思ってたのよ」

　そう言うと、ソフィアさんは懐かしそうに天井を見上げる。

「花音ちゃんにあなたを紹介したのはね、私なの。もうすぐ日本を離れないといけないって時に、あなたを一人残すのはよくないって思ったから。だから、当時弟や妹をほしがってた花音ちゃんに、あなたを紹介したわけ」

俺と花音さんが出会ったのは、お姉さんに買ってもらったサッカーボールを使って、公園でサッカーの練習をしている時だった。

その時に、たまたま俺を発見したように話しかけてきたのだけど——あれは、お姉さんがいなくなった翌日のことだった。

そう、まるで入れ替わるようにして現れたのだ。

繋《つな》がりがあると思っていなかったので疑問に思わなかったが、今思えば最初から仕組まれていたというわけだ。

「とはいえ、最初から明人君を全て任せようと思ってたわけじゃないの。君が大きくなって英語を問題なく話せるようになったら、迎えにいくつもりでいた。だけど——嬉しそうに君の近況を報告してくる花音ちゃんを見てて、あなたを迎えに行くのは可哀想《かわいそう》だなって思ったの」

俺が英語を問題なく話せるようになったのは、いつだっただろうか？

あまり覚えていないが、中学に上がった時にはもう日常的な会話レベルであれば、問題なく話せたと思う。

その勉強に付き合ってくれたのは花音さんや神楽耶《かぐや》さんで、俺が施設で効率よく自主勉できるように教材を用意してくれたのも、花音さんだった。

偶然がいろいろと重なっている、とは思っていたけれど——すべて、導かれたものだったわけだ。

いくつもの偶然が重なる場合、それは偶然ではなく必然だ、とはよく言ったものだな。

「約束してたのに、ごめんなさいね。だけど私にとっては、花音ちゃんも娘みたいなものだったから」

「娘みたい、ですか……」

花音さんとのことを語るソフィアさんは、確かに母親のような優しい顔をしていた。

花音さん自体、俺やシャーロットさんと一つしか歳《とし》が変わらないので、幼い頃から見ていたことで娘のように見えてしまったのだろう。

「まぁ話の流れで、花音さんが幼い頃から知り合いだったというのはわかりますが……ベネット家は、姫柊《ひめらぎ》家と交流があったということですよね？」

「うん、私が幼い頃から交流があったわ」

「……私は、交流がなかったけど……」

ソフィアさんの言葉に、シャーロットさんが不満そうに反応する。

確かに、交流があった割には、シャーロットさんと花音さんに最近まで面識がなかったことがおかしい。

「いろいろとあった、としか言えないわね……。そもそもロッティーは、私が社長をしてるってことも知らなかったでしょ？」

「えっと……つい先日までは知らなかったけど、先週のホテルで、社長って呼ばれてるのは聞いてたから、なんとなくは知ってた……」

先週となると、花音さんとホテルで出会ったという時だ。

花音さんか、もしくは神楽耶さんがベネット社長とでも呼んだのだろう。

それまで知らなかったということは、ソフィアさんが娘に隠していたことを意味する。

「なんだか、ややこしいことが沢山ありそうですね……」

「まぁ、いろいろなことが絡み合って、今の状況が生まれてると言えなくもないわね」

俺が愚痴《ぐち》をこぼすと、ソフィアさんは仕方なさそうに笑った。

本当に、どれだけのことが絡み合っているのか、という感じだ。

「多分聞かれると思うから先に言うけど、ロッティーに話さなかったのは、この子を社長にするつもりがないからよ。どう考えても、向いてないからね」

「素直ないい子ですもんね」

母親の言葉にシャーロットさんはムッとしたが、俺も同じ意見だ。

人々をまとめあげる能力はあるし、部下からも慕《した》われる性格をしているが——絶対に、足元をすくわれる。

人を従えて上り詰めた人間たちの中には、相手を騙《だま》したり弱みを探すような輩《やから》もいるのだから。

何より、人を疑わないので、悪人に騙される気しかしない。

「それにロッティーには、好きなことをのびのびとやってほしかったのよ」

「では、親戚《しんせき》に任せるつもりだったんですか？」

もしくはエマちゃんに任せるか――だが、あの自由人で家族以外に心を許そうとしない子よりは、シャーロットさんのほうが向いている気がする。

「ううん、親戚はいないの。会社自体は姫柊財閥《ざいばつ》の会社よりも大きいんだけどね、あまり子供に恵まれなかった家みたいよ。私も、養子で引き取られたくらいだし」

「――っ」

それは、シャーロットさんも初耳だったのだろう。

俺と同じく、驚いて母親の顔を見つめている。

もしかしたら、ソフィアさんが俺の面倒を見てくれたのは、自分を重ねていたのかもしれない。

「そっちについては、いずれね。今は、明人君の話だし」

ソフィアさんは仕方なさそうに笑いながら、シャーロットさんの頭を撫《な》でる。

気になる話ではあるけれど、また機会がある際に話してくれるだろう。

――コンコンコン。

母親に撫でられるのを見られるのは恥ずかしいのか、シャーロットさんが照れくさそうに俺の顔色を窺《うかが》ってきているると、ドアが三回ノックされた。

「入っても、よろしいでしょうか？」

聞こえてきた澄んだ声の主《ぬし》は、この部屋の主《あるじ》だ。

「もちろん、いいよ。入って、花音ちゃん」

「失礼致します」

許しを得たことで、ドアがゆっくりと開く。

その先には、神楽耶さんがドアノブを持っており、花音さんが中央でお辞儀《じぎ》をしていた。

「どこまでお話をされましたか？」

花音さんは上品な足取りで歩いてくると、ソファに座りながらソフィアさんを見る。

「いろいろと脱線はしちゃったけど、大方は話せたかしら。ただ、あの件についてはまだ話せてないわ」

「そうですか。それでは、私の口から説明致しましょう。それが筋でしょうし」

あの件というのがどれを指しているのかはわからないが、どうやらここからは花音さんが説明をしてくれるようだ。

「うん、よろしくね。そっちはうまくいったかしら？」

「ええ、大方計画通りに。お姉様のおかげです」

「…………」

シャーロットさんは、自分の母親が、歳の変わらない少女にお姉様呼ばわりされるのは嫌なのだろう。

凄《すご》く微妙そうな顔で、二人を見つめている。

俺も仮に母親がいたとして、他の子にお姉様なんて呼ばれていたら、確かに困りそうだ。

「明人、シャーロットさん。まずは、一言お詫《わ》びをさせてください。私たちの勝手な思いで振り回してしまい、ごめんなさい」

俺たちのほうを向いた花音さんは、深くお辞儀をしてきた。

ここでしていた会話は聞いていないはずだけど、謝ってきたということは、織り込み済みだったのだろう。

「い、いえ、あの……！　謝らないでください……！」

シャーロットさんは慌てたように、手をワチャワチャとさせる。

他人から謝られるのに、慣れていないのだろう。

「頭をあげてください、花音さん。俺たちのためにしてくださっていたことは、俺もシャーロットさんもわかっていますので」

「ありがとうございます、二人とも」

先程とは打って変わって、花音さんはニコッとかわいらしい笑みを浮かべる。

その笑顔には、安堵《あんど》の笑みも混ざっていることがわかった。

頭がキレて教養もあり、大人のような女性ではあるのだけど、年齢は俺たちの一つ上だ。

不安を抱きながらも、それを見せないように事を運んでいたのだろう。

「どこからお話ししたものか——というのはあるのですが、大方聞いていらっしゃるということなので、簡潔に。事の始まりは、数ヵ月前——明人に許嫁《いいなずけ》を作る、という話があがったことにあります」

花音さんは淡々と話し始める。

先程俺たちが聞こうとしていた部分もそこなので、ちょうどいい。

「それを良しと思わなかった私が、お姉様に助けを求めたのです」

「許嫁の話については少し前に姫柊社長から聞きましたが、どうして急にそんな話が上がったのでしょうか?」

数ヵ月前に許嫁の話が上がったということは、時期的に中途半端だと思う。

何より、俺はまだ姫柊財閥の一員としては認められてなかったはずだ。

許嫁など、つけるほうがおかしい。

……それはそうと、シャーロットさんが物言いたげな目を俺に向けてきているのだけど、そういえば話していなかったな……。

まぁ、さっきの姫柊社長とのやりとりで、白紙に返ったのはわかっているだろうし、大丈夫だろう。

「あなたに与えられていたノルマについては、シャーロットさんは知っていらっしゃるのですか？」

「簡単にではありますが、とある大学への特別推薦《すいせん》を取る必要がある、という話はしました」

「それはよかったです。あなたの場合、そういうことを話してなさそうですからね」

「うぐっ……」

つい先日まで話していなかった――と言ったら、怒られるだろうか……？

「どうして、その大学への特別推薦が、条件になったのでしょうか……？」

気になっていたことなのか、シャーロットさんが恐る恐るという感じで聞いてきた。

俺は花音さんを見るが、彼女は笑顔で頷《うなず》く。

話していい、ということだろう。

「その推薦をもらえるのは、特定の高校で、かなり優秀な成績をとった生徒だけなんだ。だからこそ、それをもらえるくらい優秀であれば、姫柊財閥の一員として認めるって言われたんだよ」

その推薦は俺たちの高校だと、数年に一人貰《もら》える生徒が出るかどうか、というほど難しい。

お姉さんとの約束は果たされない――そう思ってからも、俺が勉強を頑張っていたのは、それが理由だった。

中学時代、花音さんを傷つけ、失望させてしまったから、その償《つぐな》いとして、せめて姫柊財閥の一員になり、彼女の役に立てるようになりたかったのだ。

「そのような試すことをしなくても……」

シャーロットさんは悲しそうに目を伏せる。

同情してくれているのだろう。

だけどこれは、仕方がないことだった。

あの社長が、孤児をそう簡単に引き受けるわけがないのだから。

「ですが、今年の夏休みまでの成績で、明人が有能だということは証明されていました。全国共通テストで一桁《けた》に入っていましたし、教師陣からの評価も高かったですからね。もともと中学時代の成績も耳に入っていますし、明人が推薦をとる可能性は高い。そのため、明人を迎え入れた時の準備を始めたのです」

意外にも、あの社長は口では俺を認めていないと言いながらも、裏では有能な人間と認めてくれていたようだ。

慢心しないために言っていたのか、あくまで結果が出るまで認めない方針だったのか――今となっては、どうでもいい話だな。

「それが、許嫁だったと？」

「はい。政略結婚は、家を大きくするのに有効な手段ですからね。もともと、女の子しか生まれなかったこともあり、男の子である明人を利用しない手はないと考えたのでしょう」

少し、引っかかる言い方だな。

俺が知る限り、花音さんは一人っ子のはずだ。

わざわざ女の子と表したことが気になるが――まぁ、わかりやすく性別で話しただけか。

「念のための確認ですが、俺の許嫁は探し中であって、まだ見つかっていないのですよね？」

まだ決まっていないなら、白紙に返すのは簡単だろう。

しかし、決まっているとなると、第三者が関わることになるので、少々厄介《やっかい》だ。

花音さんの許嫁の話も、やっぱり揉《も》めると言っていたくらいだし。

「そうですね。まぁ、最も有力な候補は、シャーロットさんでしたが」

「「……えっ？」」

ニコッと笑みを浮かべる花音さんから言われた、思いがけぬ一言。

俺とシャーロットさんは、思わずお互いの顔を見てしまった。

「察しがいい明人なら、ここまでくれば気付くと思っていましたが……まだ気付いていませんでしたか」

花音さんはニコニコととても楽しそうにしている。

ソフィアさんも、口元に手を当てて嬉しそうだった。

……あれ、俺たちの頑張りっていったい……？

「ど、どういうことですか……？」

「簡単に説明しますと、シャーロットさんに日本へ来て頂いた本当の理由は、明人の許嫁になってもらうためだったのです」

来て頂いた、ということから、おそらく花音さんが呼んだのだろう。

もちろん、直接シャーロットさんに話がいったのではなく、ソフィアさんのほうに連絡したのだろうが。

先程も、ソフィアさんに助けを求めた、と言っていたのだし。

しかし、それでは……。

「戸惑うのも仕方ないのですが、明人に許嫁を作るという話が出た際に、私がお姉様を頼らせて頂きました。これ以上、お父様の好きにさせないためと、明人の自由を奪わせないためにです」

戸惑う俺とシャーロットさんに対して、花音さんは真剣な表情になって言葉を続ける。

嘘ではないのだろう。

「許嫁候補だと明かさなかった理由は、許嫁と決まらなかったから――ですよね……？」

「いえ、そうではありません。決まっていないとはいえ、それだけの理由でしたら候補の一人だと打ち明けたでしょう」

花音さんは首を左右に振り、俺の言葉を否定した。

おそらく、許嫁の話が隠されていたのも、そこが関わっているようだ。

「話さなかった理由としては、私たちが関与せず、二人に仲良くなって頂きたかった、というのがあるのです。やはり、二人の意思で両想いになって頂き、二人が望んだ結婚としてあげたかったので」

そのために、いろいろと裏で策を巡らせていたわけか。

そのおかげでシャーロットさんと付き合えているので、なんとも言えない。

むしろ、感謝しなければいけないことだろう。

「シャーロットさんが最も有力な候補――というのは、なんとなく察しが付くのですが……決まらなかった理由は、姫柊社長ですか？」

シャーロットさんが日本に来る前からという話なので、少なくとも四ヵ月以上前には、許嫁の話は出ていたことになる。

どういう速度感で決まるかはわからないが、わざわざ許嫁のために花音さんが呼んでおり、ソフィアさんも前向きだったということは、反対していたのが姫柊社長しか思い浮かばない。

「明人のおっしゃる通りですね。お姉様は、日本に来られてからお父様に対して、明人の許嫁にシャーロットさんを――と話を持ち掛けられたのですが、お父様が頷かれなかったのです」

「なぜですか？　大きな家との政略結婚は、姫柊社長が望んでいることですよね？」

「警戒をされていたのです。お父様もお姉様を昔からよく知っておられ、頭がキレることや、やり手だということはご存じだったので。何より、自分の娘を政略結婚させようとする御方ではない――ということで、酷《ひど》く疑っておられました。それに、企業としての規模は、お姉様の会社のほうが大きいというのもあります」

会社の命運を握っている以上、相手の思惑が読めない状況では、話は引き受けられないのだろう。

ましてや、自分の会社よりも格上なら、当然の判断だ。

「しかし、だからこそ、安易に断ることもできませんでした。昔から関係のある大事な取引相手でしたし、取引をやめられて困るのは私共のほうなので」

立場的に姫柊財閥《ざいばつ》のほうが弱いというのは、姫柊社長と対峙《たいじ》した際に、花音さんが耳打ちで教えてくれていた。

それで、許嫁の話が停滞していた、というわけか……。

企業に関しての力関係は、さすがに疎《うと》い。

だけど、あの姫柊社長が、ソフィアさんを無下《むげ》にしていないのがその証拠だろう。

姫柊社長は五十歳手前だったはずだから、ソフィアさんとでは一回り近く年齢が離れていそうだが、それでもソフィアさんが場を支配していたのだし。

「もしかして、あのまま黙っていれば、シャーロットさんと問題なく過ごせていたのでしょうか……？」

最も有力な候補にシャーロットさんが選ばれていた以上、俺は余計なことをしたのかもしれない、という思いが拭《ぬぐ》えない。

だけど、花音さんは首を左右に振った。

「いいえ、私たちの思った通りに話が進んだとしても、明人がお父様の傀儡《かいらい》にされていた可能性が高いです。何より、シャーロットさん以外の候補を見つけてくることは、十分に考えられました。ですから、明人が取った行動は正しいと思います。だからこそ私やお姉様も、お力添えをしたわけですしね」

確かに、俺が余計なことをしようとしているなら、花音さんは止めるだろう。

シャーロットさんと花音さんは同じくらい優しいけれど、シャーロットさんは俺がすることを全て肯定してくれるが、花音さんは自分が正しくないと思うものなら俺を止めようとする。

似ている二人だけど、やっぱり考え方は別のようだ。

まぁシャーロットさんは彼女だけど、花音さんは姉みたいなものだからな。

そういった関係性も、関わっているかもしれない。

「ありがとうございます……」

「お礼を言うことではありません、明人が頑張ったことなのですから。ええ、本当……シャーロットさんのことも含めて、よく頑張ってくださいました」

花音さんは弟の成長を見届けたような目で、感慨《かんがい》深そうにする。

なんだか照れくさくなってきた。

「さて、いろいろと話させて頂いたわけですが――明人は、これからどうしたいですか？」

花音さんは目元をハンカチで拭いた後、俺にこれからのことを尋ねてきた。

「どうしたいとは……？」

「お父様が関与しないことになったので、明人はもう自由です。監視をされることもなく、姫柊家に入るなら入って頂き、入らないのなら、自由に生きて頂いていいのですよ。もちろん、就職するまでは、姫柊財閥が無償で支援します。それくらいの償《つぐな》いは必要ですからね」

どうやら、姫柊財閥の一員にならない選択肢《せんたくし》もあるようだ。

逆に、入りたいと言えば、ノルマをクリアしなくても、受け入れてもらえるのだろう。

だけど、ちょっと待ってくれ――。

今、なんて言った……？

「俺、監視されていたんですか……？」

「あ～、まぁそれはそれとしまして」

気になった部分を突《つ》くと、花音さんは笑顔で話題を変えようとする。

更に嫌な汗が出てきた。

「俺、いつから監視されていましたか……？」

監視されていたなんて、今まで気付かなかった。

いったいいつから、どこまで見られていたのか――さすがに、冷や汗が止まらない。

「まぁ、最初からですよね」

花音さんは諦めたように視線を逸《そ》らしながら、そう答えてくれた。

最初とはいったいどこだろうか……？

「俺が高校生になってから、ということですか？」

「いえ、私と一緒にいるようになってからです」

「………」

人には、それぞれ知られたくないことがある。

俺だって、プライベートでは知られたくないことなんて沢山《たくさん》あるのだ。

それが全て誰かに見られていて、花音さんに筒抜《つつぬ》けとなっていたと考えると――絶望しかない。

シャーロットさんとのデートだって、見られていたってことじゃないか。

「もうやめて頂けるんですよね……？」

「先程もお伝えした通り、もちろんやめさせますよ。私は不要なものだと思いますし、プライベートは大切ですからね」

それなら……ギリギリ、セーフなのか？

いや、もうだいぶ絶望的だけど。

「わ、わかりました。そちらにおいては、おいおいってことで……」

あまり自分としても深掘りしたくなかったので、思考を切り替えることにする。

さすがに監視されていたのは外だけで、家の中は何もなかったと信じよう。

信じるしかない。

「先程の質問に答えさせて頂きますね。姫柊財閥に入る入らないの前に、俺はこれから先、シャーロットさんと、ずっと一緒にいたいです」

「あ、明人君……！」

思っていることを伝えると、隣で聞いていたシャーロットさんが嬉しそうに頰《ほお》を赤らめる。

シレッと手を繋《つな》いできたので、かなり喜んでくれているようだ。

「ふふ、とても素晴らしいですね」

「私たちも、二人を応援しているわ」

花音さんとソフィアさんは、満足そうに俺たちを見守ってくれている。

もう俺たちの仲を引き裂こうとする人は、いないだろう。

「姫柊財閥に俺が入るかどうかについては、先に花音さんの考えを教えて頂けませんか？」

状況が変わったからといって、俺の考えは変わらない。

だけど、花音さんがどう思っているのかは知っておきたかった。

「私は……」

花音さんは、チラッとソフィアさんを横目で見る。

目が合ったソフィアさんは、笑顔でコクリと頷《うなず》いた。

それで気持ちが固まったのだろう。

花音さんはまっすぐな目で、俺を見つめてきた。

「正式に姫柊家に入って、私の弟になって頂きたいです」

どうやら、俺たちの想いはすれ違っていないようだ。

「俺も、花音さんの役に立つために、姫柊財閥に入りたいです。今苗字《みようじ》が変わってしまうと、またややこしいことになってしまいますので、卒業をしたらお願いします」

俺は自分の気持ちを正直に伝え、深く頭を下げる。

すると、花音さんが俺の体に手を伸ばしてきた。

「やっと、これで……私たちは、本当の姉弟になれましたね……」

花音さんは嬉しそうに涙を目に浮かべ、ギュッと俺を抱きしめてきた。

隣ではシャーロットさんが固まってしまい、正面では神楽耶さんが凄《すご》い目で俺を睨《にら》んでいるのだが、俺は何も悪くない気がする。

「あの、花音さん……みんなの前なので……」

「もう、照れなくていいではありませんか——とも言えませんね。彼女さんがいますし」

シャーロットさんの様子に花音さんも気付いたのだろう。

困ったように笑いながら、俺から離れていった。

シャーロットさんのほうを見てみると、何かに葛藤《かっとう》するように、繋いでいる手と俺を交互に見ている。

ちょっと恥ずかしいけど……。

「我慢しなくていいよ」

「あっ……」

優しく抱き寄せると、シャーロットさんの口から熱っぽい息が漏《も》れた。

「あらあら」

「大胆《だいたん》ですね」

彼女の母親と姉に見られているのは恥ずかしいけれど、ここ最近精神的な負担をシャーロットさんにかけてしまっているので、これくらいは甘んじて受け入れよう。

一応、二人とも笑顔で見てくれているわけだし。

「私たち、お邪魔でしたら出ていましょうか？」

「い、いえ、そこまでの気遣いはして頂かなくて大丈夫です……！」

からかってくる花音さんに対応しながら、ゆっくりとシャーロットさんを放す。

シャーロットさんは物足りなさそうな――寂しそうな表情を向けてきたけれど、帰ったらめちゃくちゃ甘やかそうと思う。

「では、シャーロットさんが早く明人に甘えられるよう、話を進めていきましょうか」

「――っ!?」

花音さんが笑顔で言うと、シャーロットさんは《ボンッ!》という音が聞こえてきそうなくらいに、顔を真っ赤にして俯《うつむ》いた。

この人も、からかうの好きだからな……。

「あっ、一つ俺からもしておきたい話があるんですが、いいでしょうか?」

ここまでは、ソフィアさんと花音さんに話をいろいろとしてもらっていたが、俺はどうしても確認をしておきたいことがある。

「えぇ、もちろんですよ。なんでしょうか?」

「俺とシャーロットさんはもう付き合っています。姫柊社長との問題も片付いたわけですし、これからは、ソフィアさんはちゃんと家に帰ってあげてくれるんですよね?」

ソフィアさんが家に帰っていない理由はわかった。

そして話を聞いた限り、もうソフィアさんが帰らない必要はないと思う。

シャーロットさんとの同棲《どうせい》生活は終わりになってしまうけれど、やっぱりお母さんと一緒に暮らせたほうが、彼女たちにとっていいだろう。

「もちろん、これからは帰るつもりよ」

「ありがとうございます」

これでいいのだ。

隣同士なんだから、いつでもシャーロットさんとエマちゃんには会えるのだし。

――と、思ったのだけど……。

「それで、私からの提案なんだけど、明人君も一緒に暮らさない？」

ソフィアさんは、とんでもない提案をしてきた。

「ほ、本気で言っているんですか……？」

「私が帰るようになったら、ロッティーと明人君の同棲生活は終わってしまうから、それは可《か》哀想《わいそう》なのよね。何より、私は明人君と昔にした約束を果たしたいし」

サラッと、同棲していたのを知っている発言をされてしまったけれど、それに関しては今は置いておこう。

どうやら本気で、俺も一緒に暮らすことを考えているようだ。

しかし――そこまで、甘えていいのだろうか……？

「どちらにせよ、明人はもう正式な私の弟ですからね、私は明人と一緒に暮らしますよ」

「「えっ!?」」

俺が悩んでいると、花音さんまでもが笑顔でとんでもないことを言ってきた。

ちゃんとした姉弟になったとはいえ、血は繋がっていないのだ。

一つ屋根の下なんて、過ちが起きるかもしれないのに、そんなこと許されるのか……?

ソフィアさんは、とてもニコニコしているけど。

「あ、明人君、だめですよ……!? 二人きりで暮らすだなんて、だめです……!」

そして嫉妬《しっと》深いシャーロットさんは、涙目でグイグイと俺の服を引っ張ってきた。

花音さんに取られてしまうとでも思いこんでいるようだ。

花音さんが来るなら百パーセント神楽耶さんが付いてくるのだけど、この子にはそんなことわからないしな……。

「私たちと一緒に暮らしませんか……!? 恋人なのですから何も問題はないはずです……!」

シャーロットさんはそう言って、縋《すが》るような目を向けてくる。

おそらく、花音さんは冗談で言っていない。

この人なら、俺と一緒に暮らすと決めたらどんな手を使ってでも、暮らそうとするだろう。

そうなると、シャーロットさんに精神的負荷をかけてしまうし、要らぬ誤解を生むことになるかもしれない。

何より、やっぱりシャーロットさんと暮らしている生活は、手放したくなかった。

「それじゃあ……ソフィアさん、お言葉に甘えさせて頂きます」

こうして俺は、ベネット家や花音さんたちと一緒に暮らすことを決めた。

「ええ、それが一番いいと思うわ」

「はい、これでお話はまとまりましたね。家のほうは既に準備してありますから、明日にでも引っ越してしまいましょう」

「……えっ、引っ越しをするんですか？」

サラッと言われた言葉が気になり、俺はつい聞いてしまう。

「明人たちが暮らしているマンションのお部屋では、この人数が一緒に暮らすことは不可能ですよね？　近くに一軒家を用意していますので、そこに移って頂きます」

用意といっても、一から建てたわけではないだろう。

さすがにそれでは間に合わないと思うから、空《あ》き家を買ったのか。

「もしかして、俺たちが暮らしているマンションって……」

「はい、姫柊財閥《ざいばつ》の所有物ですよ？　元々所有をしていて、部屋ごとに貸し出しをしていたので、そこへ明人やお姉様たちに住んで頂いていたのです」

なるほど……道理で、シャーロットさんたちを隣の部屋にすることができたわけだ。

俺も花音さんから言われたところに暮らしていただけなので、大して疑問を抱かなかった。

「一軒家でしたら、猫ちゃんも飼うことができますよ？」

いったい花音さんはどこまで知っているのか。

段々この笑顔が怖くなってきた。

「猫ちゃんは、嬉しいですね……？　エマも、喜ぶと思います……」

シャーロットさんは、花音さんの発言に何も疑問を抱いていないのか、赤くした顔でウットリとしていた。

この子も、猫が凄《すご》く好きだもんな……。

俺も、猫を飼えるのは嬉しいので、そこに関して異論はない。

エマちゃんも大喜びするだろう。

「それに引っ越しをすることは、何も部屋の大きさだけの問題ではありません。明人とシャーロットさんの、身の安全を守るためでもあるのです」

「あっ……」

確かにそうだ。

姫柊社長との問題は無事解決したが、その代償として、世間で炎上している俺の問題を解決する手段がなくなった。

もちろんその件が理由で何か問題が起きたとしても、シャーロットさんと乗り越えていくつもりではある。

だけど、身の安全を保証できるものではなかった。

花音さんたちならセキュリティーも万全にしているだろうし、ここはお言葉に甘えたほうがいい。

「そうですね、花音さんの言う通りだと思います。それでは、お願いできますか？」

「決まりですね。シャーロットさんも、問題はありませんか？」

「は、はい……！　明人君とご一緒できるのでしたら、嬉しい限りです……！」

「ふふ、よかったです。ベッドはキングサイズを用意していますから、今まで通り三人で一緒に寝られますよ」

キングサイズ……。

そんなの初めて聞いたんだが……？

「お部屋も、二人が不自由なく使えるよう大きめのところを選んでるから、安心してね？　二人きりで寝たい時とか、いちゃいちゃしたい時は、私がエマを預かってあげるから」

ソフィアさんまで、ニコニコと笑顔で恥ずかしいことを言ってくる。

本当はソフィアさんも、エマちゃんと一緒に寝たいんじゃないだろうか、という疑問もあるけれど、ずっと一緒に寝ていたので、エマちゃんがいなくなるのも寂しい。

エマちゃんがどうしたいか次第だけど、できれば三人で寝たかった。

「誰もいないお部屋で……明人君と二人で寝ちゃったら……」

シャーロットさんは何やら頰《ほお》を両手で押さえながら、ブツブツと一人で呟《つぶや》いている。

耳まで赤くしているけれど、いったい何を想像しているのだろうか……？

「いろいろとしてもらって、ありがとうございます」

なんだか、結婚しているみたいに物を用意されていっているが、俺たちを祝福してくれているというのはわかる。

何より、俺たちのことを考えて用意してくれているので、有難かった。

しかし――。

「あっ、そうだわ。一緒に暮らすことに関して、一つだけ条件があるのよね」

そうすんなりと、都合よくはいかないようだ。

ここまでしてもらったことを踏まえると、とんでもない対価を求められそうな気がするけれど……。

「条件とは？」

「ロッティーと婚約者になること。それが私たちからの条件よ」

「「婚約者……!?」」

俺は顔が熱くなるのを感じながら、シャーロットさんに視線を向ける。

目が合った彼女は、赤くした顔のまま、恥ずかしそうに俺の服の袖《そで》を指で摘《つ》まんできた。

彼女が何を言いたいのかはすぐにわかったので、俺はシャーロットさんと共に、ソフィアさんと花音さんに視線を戻した。

「「はい、喜んで」」

――こうして、俺とシャーロットさんは、婚約者になるのだった。

◆

「——やっと、落ち着けられるね？」

花音さんのベッドに座り、気持ちよさそうに寝息を立てるエマちゃんを眺めながら、俺はシャーロットさんに話しかけた。

彼女は嬉しそうに俺の肩に頭を置きながら、繋《つな》いでいる手をニギニギして甘えてきている。

花音さんとソフィアさんは、話がまとまった後まだやることがあると言って、今は部屋を出ていた。

おそらく、姫柊社長のところに行っているのだろう。

「ここに来た時は、どうなるかと心配をしていましたが……私にとっては、最高の結果で終われました」

「それは、婚約者になったことを言っているの？」

「もう、明人君はいじわるです……」

シャーロットさんはプクッと頬を膨《ふく》らませながら、俺の顔を見つめてくる。

「からかおうとしたわけじゃないよ？」

「でも、改めて言葉にされるのは、恥ずかしいです……」

聞かなくてもわかっているでしょ、という顔で抗議された。

まぁ婚約者になれたことだけじゃなく、これからも一緒に暮らせるようになったこととかも言っているのだろう。

何より、母親に恨まれてないとわかったことは、シャーロットさんの心を楽にしたはずだ。

「俺たちは幸せだよね、いい人たちに囲まれているから」

花音さんやソフィアさんのような人は、この世にそういない。

あの人たちに見守ってもらえていることを、俺たちは有難く思わなければならないだろう。

「はい、私もそう思います。ただ――」

頷《うなず》きながらも、シャーロットさんは何か引っかかるようだ。

「ただ？」

「もっとお話をして頂きたかった、というのはあります……」

「あぁ……それは、そうだね」

花音さんもソフィアさんも、俺たちに沢山《たくさん》のことを隠しながら動いていた。

もっと話してくれていれば――という気持ちが湧《わ》くのも、わかる。

俺とシャーロットさんをくっつけるために内緒にしていた、というのはシャーロットさんの性格を考えればわからなくもないが、せめてお父さんのことに関しては、きちんと話をしてあげてほしかった。

おかげでシャーロットさんは、お母さんに恨まれていると勘違いして、余計に不安になっていたのだから。

まぁその辺に関しては、シャーロットさんも抱えてしまう子なので、ソフィアさんが気付けなかった、というのもあるのだろうけど。

「だけど、ちゃんと話してないってことに関しては、俺とシャーロットさんも同じだったし、あまり言えないかもね。これからはお互い秘密はなしにしよう」

「はい、私もきちんとお話をします。そちらのほうが、安心できますので」

反面教師というわけではないが、お互いのことを想うなら、どんなことでも相談したほうがいい。

そのほうが下手《へた》な誤解を生まないし、もしかしたら自分が無理だと決めつけているだけで、相手は解決法を思い浮かぶかもしれないのだ。

今回の一件は、俺たちの仲を更に深めてくれただろう。

「それにしても、驚きました。明人君のおっしゃっていた御方が、まさかお母さんだったなんて」

話にいったん区切りがついたからか、シャーロットさんはソフィアさんとのことを持ち出してきた。

「俺も驚いたよ。ソックリだとは思っていたけど、シャーロットさんがお姉さんの娘だったなんて」

なんせ、あの頃のソフィアさんは、子供がいるような年齢には見えなかったのだから。

子供がいるなんてことも、結婚をしているということも聞いていなかったし。

「一つ気になっていることがあるのですが……」

「ん？」

「私が、お母さんとそっくりだったから――私を好きになってくださった、ということはありませんよね……？」

シャーロットさんは、恐る恐るという感じで尋ねてきた。

おそらく前に話した際に、お姉さんに対して特別な感情を持っていたことに、シャーロットさんは気付いているのだろう。

だからこそ、自分を見てもらえているかどうか――が、気になるのかもしれない。

誰だって、代わりは嫌だろう。

「……正直なことを言うね。俺はシャーロットさんを初めて見た時、理想の女の子だと思ったんだ」

「――っ」

シャーロットさんは大きく瞳を揺らし、息を呑《の》んでしまう。

ショックだったのだろう。

隠すことはできたし、一瞬傷つけないために、嘘を吐こうかと思った。

だけど、隠し事はなしと約束をしたのだし、何よりもその嘘は見破られてしまうだろう。

だから俺は、全てを話すことにしたのだ。

「でもね、理想な女の子と思っただけで、憧れのお姉さんを重ねて見ていたわけじゃないんだよ」

そう、ソフィアさんに惹《ひ》かれて憧れを抱いたことで、俺の中での理想像は、彼女のような女の子になった。

だけどそれは、ソフィアさんという存在を求めて、描かれたわけじゃない。

あくまで、そういうタイプの子が好きだ、という話なのだ。

「シャーロットさんは確かに憧れのお姉さんの娘だけど、ソフィアさんはソフィアさんで、シャーロットさんはシャーロットさんだ。決して、シャーロットさんがソフィアさんの代わりになることはないんだよ。そして俺は、シャーロットさんの優しさやかわいさに惹かれ、付き合っているんだ。憧れのお姉さんとそっくりだから、付き合っているわけじゃないってことは、わかってほしい」

容姿や声が同じことで、確かに興味を惹かれる要素にはなった。

しかし、本気で好きになったのは、彼女自身の内面に惹かれたからだ。

そこは勘違いしてほしくない。

――いや、まぁ……一目惚《ひとめぼ》れはしていたから、大分容姿とかに惹かれていたってのは、事実なんだけど……。

でも、付き合うことにしたのは、彼女の内面に惹かれたからこそ――というのは、嘘ではないのだ。

「そう、ですか……。よかったです……」

シャーロットさんはそう言うと、俺の胸に顔を押し付けてきた。

やっぱり不安だったのだろう。

「ごめんね、勘違いさせることばかりで」

「いいのです……。ちゃんと私を見てくださっているのなら、それで十分です……。私にお母さんを求めておられたのでしたら、お母さんと再会された以上、私が不要になるのでは……と心配になっただけなので……」

この子は、結構恋愛面においてネガティブなところがあると思う。

男女問わず誰もが惹かれる容姿を持ち、誰もが尊敬するような性格をしているのに、自分に自信がないのかもしれない。

「そんなことはありえないよ。俺に一番必要なのは、シャーロットさんなんだから。君が傍にいてくれるだけで、俺は十分なんだ」

何度か言った言葉ではあるけれど、大切なことなのでもう一度伝える。

たとえどんな嫌なことが俺の身に起きようとも、彼女が傍にいてくれるなら、きっと乗り越えていけるだろう。

それだけ俺はシャーロットさんに癒《いや》されているし、依存もしているのだ。

「では、絶対に私を捨てないでくださいね……？」

「むしろ、シャーロットさんに振られないかが心配だけど……」

「私が明人君と別れたいと思うなんてこと、絶対にありえません。少し離れるだけでも、寂しいのですから……。すっかり、明人君なしでは生きられない体にされてしまったんです……」

シャーロットさんは照れくさそうに、俺から顔を背けてしまう。

他人が聞いたら百パーセント誤解する言葉なので、他に誰もいなくてよかったと本気で思った。

エマちゃんはスヤスヤと寝ているから聞いていないし、そもそも日本語はわからないので、心配はいらない。

「………………」

無言になったと思ったら、シャーロットさんがソワソワとし始めた。

そして、チラチラと俺の顔を見上げてくる。

もしかして――。

「膝に座る？」

尋ねてみると、シャーロットさんはコクンッと大きめに頷いた。

座りたかったらしい。

「おいで」

いつも通り、両手を広げてシャーロットさんが乗ってくるのを待つ。

しかし、今回はいつもと違って、シャーロットさんは俺のほうを向いて座ってきた。

普段なら横向きに座っているのだけど、こうすると見つめ合う形になって、照れくさい。

「どうしたの？」

「たまには、こういうのもいいかと……」

ただやってみたかっただけらしい。

「…………」

シャーロットさんは何を思ったのか、チラッとエマちゃんの寝顔を確認する。

次に、ドアのほうを確認して、今度はキョロキョロと周りを見始めた。

そして――。

「あ、明人君、目を瞑《つむ》ってください……」

顔を真っ赤にして、お願いをしてきた。

この流れは……。

俺は言う通りに目を瞑る。

すると、しっとりとしたものが唇に当たった。

「んっ……あむっ」

「――っ!?」

いつものキス――そう油断していたところ、突然熱を帯びた柔らかなものが、俺の唇を割って口の中に侵入してきた。

そして、俺の舌に絡めるように動いてくる。

少しくすぐったくて、柔らかいこの正体は……。

驚いて目を開けると、シャーロットさんが熱に浮かされたような潤った瞳で、俺を見つめていた。

俺が目を開けるとわかっていたのか、それとも単に開けていただけなのか――。

しかし、すぐにシャーロットさんは目を閉じ、積極的に舌を絡めてくる。

あまりのことに、俺はされるがままだった。

「――ぷはっ」

どれだけ絡め合っていたのだろう?

息が苦しくなった段階で、シャーロットさんのほうから口を離してしまった。

俺たちの舌を繋《つな》ぐように、ツゥーッと伸びるよだれの糸がちょっとやらしい。

その糸は自然に切れてしまったが、シャーロットさんは顔を真っ赤にしたまま、まだ潤った瞳をしている。

　本当に熱に浮かされているようだ。

「シャ、シャーロットさん……」

「もういっかい……」

　俺が戸惑っていると、シャーロットさんがまた俺の頬《ほお》に両手を添え、ゆっくりと顔を近付けてくる。

　駄目だ、完全にスイッチが入っている。

「ま、待って、さすがにこれはまずいよ……！」

「えっ……？」

　シャーロットさんの肩を摑《つか》んで止めると、彼女はとても悲しそうな目で見てきた。

　俺だって、彼女の好きにさせてあげたい。

　でも、ソフィアさんや花音さんは一時期的にいなくなっているだけで、いつ戻ってくるのかわからない状態なのだ。

　普通のキスならすぐに離れられるが、このキスはさすがに気を取られすぎて、反応が遅れる恐れがある。

　それだけ、彼女がするディープキスの破壊力は、やばいのだ。

「ほ、ほら、エマちゃんもいつ起きるかわからないし、ソフィアさんたちが帰ってくるかもしれないから……」

悲しむシャーロットさんを、俺はなんとか宥《なだ》めようとする。

「………………」

多分シャーロットさんからすれば、凄《すご》く勇気を振り絞《しぼ》ってやったことなのだろう。

俺に拒絶されたと思って、かなり落ち込んでいるようだ。

「今のキスが嫌だったわけじゃないからね？　誰もいないところなら、いくらでもしてあげるから、そう悲しまないで……」

「はい……ごめんなさい……」

駄目だ、届いてない……。

「本当に違うからね？」

シャーロットさんを抱き寄せて、優しく後頭部を撫《な》でてあげる。

それがよかったのか、彼女は安心したように体を預けてきた。

「そろそろ、こういったキスもいいのかなって思って……しちゃったのです……。婚約者にまでなれて、嬉しくて我慢できませんでした……」

シャーロットさんは頰をくっつけてきながら、自分の気持ちを教えてくれる。

「シャーロットさんからしてくれて、嬉しかったんだよ？　でも、今はまずいから、帰ったらまたしようね」

俺はビックリしただけで、嫌だったわけではない。

むしろ、凄く嬉しいのだ。

ただ、場が場なので、ここは抑えなければならないだけで。

――まぁ、自分が凄く不甲斐《ふがい》ないという気持ちは、増してしまったけど……。

シャーロットさん、本当に手が早い。

「早く帰りたいです……」

どうやら、我慢ができないようだ。

それもそうか、彼女は完全にスイッチが入ってしまっているのだし。

俺はそのまま、シャーロットさんが落ち着くまで宥める。

スイッチが入っているとはいえ、それは興奮状態なだけなので、時間をおけば収まるのだ。

「――落ち着いた？」

「穴があったら、今すぐに入りたいです……」

十分くらい経つと、シャーロットさんは俺の胸に顔を押し付けて悶《もだ》えていた。

興奮が収まった代わりに、恥ずかしさで悶えているようだ。

スイッチが入ることで自制が利《き》かず暴走して、その後自分の行動に悶えているのだから、彼女も大変だと思う。

「本当に嬉しかったんだよ？」

「でも、はしたない子だと思われてしまいました……」

はしたないというか、えっちな子というか……。

そんな言葉は、彼女が恥ずかしくなるだけなので、なんとか呑《の》み込んでおいた。

「俺しか知らないんだから、気にしなくていいと思うよ」

「明人君に一番思われたくないのです……」

それはもう、どうしようもない。

むしろ開き直ったほうが、彼女も楽なんじゃないだろうか？

「俺はそういうシャーロットさんもかわいいって思うし、魅力的だと思うから、いいんじゃないかな？」

「……本当にですか……？」

シャーロットさんは潤んだ瞳で見上げてくる。

これは、先程の熱に浮かされていた目ではなく、恥ずかしさで涙目になっているだけだ。

「もちろんだよ。どんなシャーロットさんでも、俺は大好きだからね」

こんな恥ずかしい台詞《せりふ》、今だから言えるが、普段なら言えない。

シャーロットさんが恥ずかしい思いをして悶えているから、我慢して言っているだけだ。

これで少しでも彼女の気が楽になってくれれば、それでいい。

「そんなことを言われてしまうと、止まれなくなってしまいますよ……？」

「あ～、えっと、それはさすがに止まってもらえると有難いかな……。俺が嫌なんじゃなく、周りの目があるからね？」

場所をわきまえずいちゃつくような、バカップルにはなりたくない。

……いや、既に周りには、そう思われているかもしれないが、それでも節度は保つべきだろう。

自分たちが良くても周りが不快に思うことは、したら駄目だ。

「自信、ないです……」

「ないのかぁ～」

もうそれは、なんとも言えない。

「明人君のこと、大好きすぎるんです……。全てを求めたくなっちゃいます……」

清水《しみず》さんや理玖《りく》が言っていたように、シャーロットさんは、俺を溺愛《できあい》してくれているのだろう。

これだけ求められて、男として嬉しくないはずがない。

だけど、こんな姿を花音さんやソフィアさんに見られたら、一緒に暮らす話がなくなるかもしれない。

……いや、婚約者なんだから、何も問題はないのか？

わからない、こんなことになったことがないから、あの二人の反応が全然想像できない。

「明人君……」

ソフィアさんたちの反応を頑張って想像していると、シャーロットさんが人差し指を合わせて、モジモジとしながら名前を呼んできた。

「えっ、どうしたの？」

またキスのおねだりをするつもりじゃ……という不安を抱くが、シャーロットさんの言葉を待つ。

「婚約者にもなりましたので……これからは、呼び捨てをしてほしいです……」

俺の心配は杞憂《きゆう》だったみたいで、シャーロットさんのおねだりは呼び方の変更だった。

確かに、彼女が言っていることもわかるのだけど、呼び捨ては……。

「俺、あまり呼び捨ては好きじゃなくて……今のままじゃ駄目なのかな？」

「ですが、華凜《かりん》ちゃんは呼び捨てされています……」

いやまぁ、そうなんだけど……。

華凜を引き合いに出してくるのか……。

「あの子は妹だからだよ」

「妹さんでも、ちゃん呼びという手がありますのに、呼び捨てです……」

シャーロットさんは全然退こうとしない。

よほど、呼び捨てをしてほしいようだ。

「私は、彼女です……。呼び捨てがいいです……」

もしかしたら、彼女ということで、特別感がほしいのだろうか？

今だと花音さんやソフィアさん、神楽耶さんもファーストネームでさん呼びだ。

他の人達と同じ呼び方は嫌、ということか？

でもそれだったら、呼び捨ては華凜と被《かぶ》るしな……。

「じゃあ、シャーロットさんも俺のことを、呼び捨てしてくれる？」

彼女が呼び捨てをしてほしいなら、俺も呼び捨てで呼んでもらったほうがいい。

それが対等の立場に見えるだろうから。

「わ、私もですか……？」

「うん、俺はそうしてほしい」

「…………」

シャーロットさんは困ったように視線を彷徨《さまよ》わせる。

この返しは予想外だったのだろう。

そして――。

「無理です……」

首を左右に振ってしまった。


「う〜ん……」

「それと同じ気持ちだよ。俺もシャーロットさんのことを呼び捨ては、無理なんだ」

「うぅ……」

シャーロットさんは涙目になってしまう。

そんなに呼び捨てがいいのか……。

彼女の悲しむ姿は見たくないので、俺は思考を巡らせる。

何か、呼び捨て以外にシャーロットさんが納得する呼び方はないだろうか？

愛称はどうだ？

エマちゃんたちが呼んでいるロッティー……は、納得しないか。

特別感がないもんな……。

でも、シャーロットの愛称ってロッティーだけではなかったはず。

――そうだ。

前にシャーロットさんと一緒に読んでいた漫画で、シャーロットというキャラが出てきたものがあった。

「ねぇ、シャーロットさん」

「はい……？」

シャーロットさんは涙を溜めた目で、俺の顔を見てくる。

「シャル――ってのは、どうかな？」

「――っ!?」

新たな愛称を提案すると、諦めきっていたシャーロットさんの表情が、パァッと輝く。

「シャル……!」

よほど嬉しいのか、シャーロットさんは興奮したようにオウム返しをしてきた。

「それでいい?」

「はい……! シャル、素敵だと思います……!」

よかった、気に入ってくれたようだ。

「それじゃあ、シャーロットさん――いや、シャルも、俺のことあだ名で呼んでほしいな?」

明人君って呼ばれ方も好きだけど、せっかくの機会なので彼女にもあだ名を求めてみる。

俺も、彼女だけの特別な呼ばれ方がいい。

「明人君のあだ名……」

シャルは口元に手を当てて、真剣な表情で考え始める。

俺は黙って、悩むかわいい彼女の顔を見つめていた。

そして――。

「あーくん……は、どうでしょうか……?」

恥ずかしそうに顔を赤くしながら、かわいらしいあだ名を提案してくれた。

ちゃっかり腰を屈めて上目遣いになっている。

……いや、かわいすぎるだろ。

「シャルがそう呼びたいなら、それでいいよ」

正直言えば恥ずかしいけれど、シャルが頑張って出した呼び方なのだ。

それは尊重してあげたい。

何より、シャルはそう呼びたいから、提案してきたのだろうし。

「ふふ……あーくん、あーくん♪」

うん、凄《すご》くご機嫌であだ名を呟《つぶや》いている。

見ていて幸せな気分になった。

やっぱり、嬉しそうにしている彼女を見るのは、凄く気持ちがいい。

「それじゃあ、改めてよろしくね、シャル――んっ」

あまりにもかわいかったので、不意打ちで軽くキスをしてしまった。

我慢のさせすぎもどうかと思うし、これくらいならいいだろう。

――という俺の判断は、第三者から見たら、どう考えても間違いだった。

「あーくん、ずるいです……。もういっかい……」

せっかく落ち着いたのに、俺がキスをしてしまったせいで、シャルのスイッチが再び入ってしまったのだ。

当然俺のほうからしてしまった手前、もう駄目だと言うことはできず――戻ってきた花音さんとソフィアさんに、キスしているところをバッチリと目撃されてしまうのだった。

あとがき

まず初めに、『お隣遊び』五巻をお手に取って頂き、ありがとうございます。

また、五巻作成に携《たずさ》わって頂いた皆様、いつもご助力頂き本当にありがとうございます。皆様のおかげで、こうして五巻を出すことができました。

『お隣遊び』が五巻も出せたことは、本当にいろんな方々の力が大きいと思っております。

これはよく言っていることですが、担当編集者さんには内容面で我《わ》が儘《まま》を聞いてもらったり、相談に乗って頂いたりしたおかげで今の『お隣遊び』がありますし、緑川《みどりかわ》先生には毎回素敵すぎるイラストを描いて頂けています。

きっと、緑川先生のシャーロットさんやエマちゃんのかわいさに目を惹《ひ》かれて、『お隣遊び』をお手に取ってくださった方も多いのではないかと思います。

毎回、素敵な表紙絵や口絵、挿絵を頂けて歓喜しているのですが、特に五巻表紙の花嫁シャルは最高すぎました……！

本当にいつもありがとうございます！

デザイナーさんには、いつも素敵なタイトルや帯のデザインを作って頂けており、魅力的な表紙に仕上げて頂けています。

『お隣遊び』はタイトルが長いですし、シャーロットさんとエマちゃんというコンビの表紙が多かったので、タイトル配置なども毎回苦労をおかけしていました。

それなのにいつも素敵な表紙に仕上げて頂けていますので、感謝してもしきれません。

他にも、『お隣遊び』のために動いてくださっている関係者の皆様のおかげや、『お隣遊び』を推してくださっている書店の皆様のおかげなど、沢山《たくさん》の方々のおかげで五巻までこられました。

本当にありがとうございます。

これからも関係者の皆様の頑張りを無駄にせず、人気作としてやっていけるように頑張っていきます。

さて、そろそろ五巻の内容について触れたいと思うのですが、正直（やっとここまで来たか……！）という思いがあります。

ネコクロは、序盤（一巻）から先々の展開の伏線を入れていくというのをよくするのですが、五巻のこの展開のために蒔《ま》いていた種が結構ありました。

それらをちゃんと回収というか、花咲かせることができてよかったです。

もちろん、明人《あきひと》の家庭問題が解決して、シャルと婚約者になれたとはいえ、まだまだやらないといけないことは沢山あります。

だから、もっと書いていきたいですね。

特に、次の六巻ではクリスマスが入るので、二人が大人になる予定です。

そのため、六巻を出せたらいいなぁっと思っています。

クリスマスはシャルの誕生日でもありますし、明人には頑張ってもらいたいところですね。

……また先に、シャルが動いちゃう可能性もありますが（笑）

シャルが動くのが先か、明人が男を見せるのか――是非《ぜひ》、楽しみにして頂ければと思います。

六巻を出せたら、ですが……！

これからソフィアさんや花音《かのん》、神楽耶《かぐや》も一緒に住むようになって、シャルは大変でしょうね。

本人たちにはその気がなくても、シャルが嫉妬《しっと》しまくる未来しか見えません（笑）

今後はその辺の絡みや、華凜《かりん》、楓《かえで》、有紗《ありさ》にも注目していってもらえると幸いです。

シャルやエマちゃんはもちろんなのですが、他にも推しキャラを見つけて頂けたら個人的に嬉しいです。

今作に出てくる女の子たちは、基本的にネコクロは好きで書いていますので、皆さんにも好きになってもらえていると嬉しいって感じですね。

冬休みに入りますし、きっとこの子たちの出番もあると思います。

明人、もしくはシャルと一緒にいたがる子たちばかりですからね。

ということで、これからも『お隣遊び』を楽しんで頂けますと幸いです！

六巻出るといいなぁ！

少し自分のことになってしまいますが、今後はもっともっと書籍を出せるように動いていこうと思います。

最近だと、二年ぶり（？）くらいにＷＥＢ小説サイトで新作を出して、連載をやっていますね。

ラブコメはもちろんなんですが、それとは別にハイファンタジーのほうでもやっています。

多分ハイファンタジーに挑戦したのは、三年ぶりとかでしたね。

書いたことがあるのも、三回くらいでした。

そう、ほとんどハイファンタジーとかローファンタジーには挑戦せず、ずっとラブコメばかり書いてきたんですよね。

自分が最初の頃に書いて結果が出たのがラブコメだったので、そればかり書いていたというのがあります。

ハイファンタジーでも書きたいものはあったのですが、それを書こうと準備している間に、ラブコメのほうで面白そうな話が浮かび、どっちを書くか迷った挙句《あげく》、結果が出やすいラブコメを選んでいたというのがありました。

そのおかげで書籍になった作品たちもありますので、それでよかったとは思います。

しかし、せっかく去年から物書きとして専業になりましたので、これからはもっと自分の幅を広げられるように、手を付けてなかったジャンルにも手を出していこうと思いました。

ネコクロは毎回新作を書く時は、新しいことに挑戦してやっていこうとしていますので、ついにジャンルとしても挑戦する段階に来たって感じですね。

まぁ、書ける余裕ができたから、という理由が大きいのですが。

ラブコメも引き続き書いていきますし、新作も出していきたいです。

ＷＥＢでは既に、新作ラブコメを投稿したりしていますしね。

これからもどんどんと、いろんなことに挑戦していくつもりです。

それが、読者の方々を楽しませることができる作品作りに繋《つな》がる、と思いますので。

最近だとＶｔｕｂｅｒとしても活動していて、この経験も作品に活《い》かしたいな、と思っています。

もしかしたら、Ｖｔｕｂｅｒものや、ゲーム配信などが関わった話を書くことがあるかもしれません。

他にも個人的には、スポーツ漫画、特にラブコメ要素があるものが学生時代から好きで、漫画はそればかり買って読んでいました。

ですから、いつかはスポーツ要素にも重きを置きながら、ラブコメありの話も書きたいと思っています。

こちらは小説で楽しんで頂くには漫画以上に工夫《くふう》が必要だと考えていますので、いろいろと練《ね》っているところですね。

いずれ、そのスポーツに関心がない方でも楽しめるスポーツ小説を生み出したいです。

――と、長々と話しましたが、新しい作品作り、まったく別ジャンルへの挑戦、今やっていることの経験なども、『お隣遊び』に活かせることはあるんじゃないか、と考えています。

そういったものを活かし、『お隣遊び』を更に楽しんで頂けるものにしていきたいです。

いずれはコミカライズも始まると思いますし、更に多くの方々に読んで頂けると嬉しいですね。

これからも是非、『お隣遊び』ともどもよろしくお願い致します。

よかったら、お友達にもおすすめして頂けますと幸いです。

それでは再度になりますが、『お隣遊び』五巻を読んで頂き、ありがとうございました！

六巻でもお会いできることを祈っています！

黒猫の剣士
～ブラックなパーティを辞めたらS級冒険者にスカウトされました。今さら「戻ってきて」と言われても「もう遅い」です～

妹尾尻尾
イラスト／石田あきら

魔力が少なくても大丈夫!? 不遇の扱いを受け続け家族を傷つけられたことで限界に達したナイン。彼が次に加入したパーティとは!?

黒猫の剣士2
～ブラックなパーティを辞めたらS級冒険者にスカウトされました。今さら「戻ってきて」と言われても「もう遅い」です～

妹尾尻尾
イラスト／石田あきら

魔力がほぼ0なはずだったナインがついに古竜に勝利！ 魔術師ダリアともいい雰囲気の中、ナインと竜の驚くべき関係が明らかに!?

王立魔法学園の最下生
～貧困街《スラム》上がりの最強魔法師、貴族だらけの学園で無双する～

柑橘ゆすら
イラスト／青乃《あおの》下《しも》

貴族しか魔法を使えない世界で優れた魔法の才能を持った庶民のアルス。資格取得のために入った学園で低レベルな貴族を圧倒する！

王立魔法学園の最下生2
～貧困街《スラム》上がりの最強魔法師、貴族だらけの学園で無双する～

柑橘ゆすら
イラスト／青乃《あおの》下《しも》
キャラクター原案／長月 郁

暗殺者の素性を隠し、魔法学園で断トツの学年1位となったアルス。暗殺組織の任務では貴族のパーティーの護衛を請け負うのだが…。

ダッシュエックス文庫

エルフ奴隷と築くダンジョンハーレム2
—異世界で寝取って仲間を増やします—
火野あかり
イラスト／ねいび

美少女エルフ、魔法少女のつぎは猫耳少女!? 千人もの奴隷を率いて凱旋パレードを行う傍若無人な王子から、奴隷少女を奪還する!!

エルフ奴隷と築くダンジョンハーレム3
—異世界で寝取って仲間を増やします—
火野あかり
イラスト／ねいび

極寒のドワーフの国に到着！　だがエルフ嫁リリアの様子がおかしい。どうやらエルフとドワーフの間には昔から確執があるらしく!?

エルフ奴隷と築くダンジョンハーレム4
—異世界で寝取って仲間を増やします—
火野あかり
イラスト／ねいび

一人でダンジョン攻略をするという謎の男の噂に嫌な予感を覚えるマルス。急遽向かった海底ダンジョンで待つのは美しい人魚と…？

エルフ奴隷と築くダンジョンハーレム5
—異世界で寝取って仲間を増やします—
火野あかり
イラスト／ねいび

瀕死のシオンを「不死の魔本」の力で救ったマルスたちは、全てを壊すために生きる男、《漆黒》を倒すために世界樹へ向かう——!!

この作品の感想をお寄せください。

あて先　〒101-8050　東京都千代田区一ツ橋2-5-10
集英社　ダッシュエックス文庫編集部　気付
ネコクロ先生　緑川 葉先生

ダッシュエックス文庫

迷子になっていた幼女を助けたら、お隣に住む美少女留学生が家に遊びに来るようになった件について5

ネコクロ

2023年10月30日　第1刷発行

★定価はカバーに表示してあります

発行者　瓶子吉久
発行所　株式会社　集英社
〒101−8050　東京都千代田区一ツ橋2−5−10
03(3230)6229(編集)
03(3230)6393(販売／書店専用)　03(3230)6080(読者係)
印刷所　TOPPAN株式会社
編集協力　梶原　亨

ISBN978-4-08-631525-8 C0193